A LENDA DE ASGARD

VALBER ZUQUI SOBRINHO

A LENDA DE ASGARD

A VINGANÇA DA DEUSA DA MORTE

partners coerência

DIREÇÃO EDITORIAL
Lilian Vaccaro

PRODUÇÃO GRÁFICA
Giovanna Vaccaro

PREPARAÇÃO
Larissa Sobral

REVISÃO
Daniela Toledo

CAPA
Henrique Morais

DIAGRAMAÇÃO
Michael Vasconcelos

DADOS INTERNACIONAIS DE CATALOGAÇÃO NA PUBLICAÇÃO (CIP)

Sobrinho, Valber Zuqui.
A lenda de Asgard: A vingança da deusa da morte / Valber Zuqui Sobrinho.
– 1ª edição – São Paulo: Coerência, 2021

ISBN: 978-65-87068-95-4

1. Ficção brasileira 2. Fantasia I. Título

CDD: 869.3

Grupo Editorial coerência

partners coerência

São Paulo
Avenida Paulista, 326,
cj 84 - Bela Vista
São Paulo | SP – 01.310-902
www.editoracoerencia.com.br

Em homenagem à minha mãe, Cecilia, que me ajudou a concretizar o meu sonho de publicar um livro.

PREFÁCIO

Esta obra de fantasia e aventura foi escrita por mim, o autor, com o intuito de levar uma história temática de mitologia nórdica para o público, para que possam apreciar esta aventura e seus personagens em meio a um mundo fantástico, onde os personagens irão enfrentar muitas ameaças, enquanto buscam a verdade sobre os pais do protagonista.

Desde cedo, sempre gostei de criar histórias, mas foi só depois de ler os livros *Harry Potter*, da J.K. Rowling, e *Percy Jackson*, de Rick Riordan – tendo esses como as grandes inspirações para minha obra –, que resolvi escrever meu próprio livro e, talvez, até mesmo uma série de livros.

A história acompanha Erick e seus amigos em uma aventura em meio à mitologia nórdica, porém alguns inimigos foram retirados de mitos de outras regiões, como a Grécia e o Egito; além disso, a própria mitologia nórdica, da qual faço uso, teve algumas alterações feitas por mim para o desenrolar da trama. Espero que gostem desta história e dos personagens, se divirtam!

PRÓLOGO

Asgard era um dos nove reinos; o maior e mais próspero dentre eles. Lar dos deuses nórdicos, esta avançada civilização tinha como governante Odin, o pai de todos. Seus enormes exércitos eram comandados por um dos filhos do pai de todos: Thor, o deus do trovão; o guerreiro mais formidável dos nove reinos. Contudo a principal defesa deste reino chamava-se Heimdall, aquele que tudo vê. Ele protegia, com seu dom de ver tudo o que quisesse dentro dos nove reinos, a Bifrost, nome dado à ponte arco-íris, principal meio de transição entre Midgard e Asgard.

Além de Thor, Odin possuía outros filhos, como Balder, Tyr e Loki, o deus da mentira. Este tinha uma filha chamada Hela, a deusa da morte.

Certa vez, Odin estava na sala do trono junto a Thor.

– Thor, meu filho, você sabe que um dia terá que assumir o meu lugar como rei de Asgard, não sabe?

– Sim, meu pai, eu sei. Garanto-lhe que serei um rei tão nobre e justo como o senhor.

– Eu acredito nisso, meu filho, mas o que tenho a lhe dizer é contra seu interesse. Creio que para se tornar realmente digno de se sentar no trono que é meu agora, e que um dia foi de meu pai, você terá que cessar totalmente suas visitas a Midgard.

– Mas por que isso, meu pai? – indagou Thor, frustrado.

— Asgard não pode ter um rei ausente. O rei de Asgard deve sempre estar cuidando de seu reino, ciente de tudo o que acontece e deixa de acontecer, por isso, você não pode cumprir com este dever se passar todo o seu tempo em Midgard, ajudando os pobres mortais que não precisam de sua ajuda.

— Mas, meu pai, eu prometo que não irei deixar *Asgard* sem proteção só porque estarei na Terra...

— Não estou dizendo que você será obrigado a deixar Midgard. Só estou dizendo que, se escolher Midgard, você não poderá governar Asgard — disse Odin. — A vida é feita de escolhas, meu filho. São elas que definem quem você é; e, no momento, esta é sua escolha.

— Irei pensar no assunto, meu pai.

— Certo; mas me dê uma resposta o mais rápido possível!

Hela estava em seus aposentos em Helheim, contemplando a vastidão de almas e criaturas sombrias que existiam em seu reino escuro e lúgubre. Os exércitos de mortos-vivos guardavam o grande palácio negro da deusa da morte e vigiavam as almas daqueles que já tiveram sua chance em vida.

— Ah, meus malditos tio e avô! Enquanto os governantes de Asgard ficam com toda a adoração e glória que os nove reinos podem oferecer, eu fico aqui, em meu domínio fúnebre, sendo odiada e desprezada por todos, só porque sou a deusa da morte e rainha do mundo dos mortos. Mas isso irá mudar! Hoje mesmo, Odin perecerá por minhas mãos!

Nesse momento, uma das servas morta-viva de Hela entrou em seus aposentos, flutuando como o vento, trazendo consigo uma névoa fria e sem vida.

— Mas, minha senhora, você não pode vencer o pai de todos; ele é mais poderoso do que qualquer outra criatura existente nos nove reinos — disse a serva, enquanto cuidava dos cabelos de sua senhora.

— Sim, porém já encontrei uma solução para este "pequeno problema". Preciso de uma arma que seja poderosa o bastante para confrontar Odin — falou Hela.

— E que arma seria essa, minha senhora? — perguntou a serva.

— Mjölnir, o martelo de Thor.

Assim, Hela seguiu para Asgard através de uma passagem que ligava os dois reinos. A deusa atravessou a cidade dourada em direção ao palácio de Odin, localizado bem ao centro. Conforme caminhava pelas ruas de Asgard, ela atraía dos habitantes olhares de pavor e medo. Thor encontrava-se em seus aposentos, contando a Tyr, um de seus irmãos, sobre a conversa que tivera com o pai de todos. A deusa da morte aproximou-se, então, dos aposentos de Thor e esperou até que ele e o irmão deixassem o local.

Heimdall, aquele que tudo vê, o guardião da Bifrost, ao usar o seu dom, percebeu Hela espreitando os aposentos de Thor. Deixou então o seu posto e foi de encontro a ela. Thor havia ido junto a Tyr para a cozinha do palácio e acabou esquecendo seu martelo sobre uma mesa próxima à sua cama. Assim, Hela entrou na câmara do tio e empunhou o martelo ali esquecido. Mas ao virar-se, deparou-se com Heimdall.

— Ah, Heimdall! Como eu pude me esquecer de você? Deveria ter imaginado que me veria com seus olhos mágicos — disse a deusa da morte, em tom de deboche.

— Largue o martelo! — ordenou Heimdall.

Hela riu e atirou uma faca nele. O deus, no entanto, desviou. Então a deusa da morte conjurou uma espada negra, de lâmina dupla, e atacou-o, tentando perfurá-lo no peito. Mas Heimdall utilizou sua espada para bloquear a lâmina da deusa da morte e, com um movimento, fez com que Hela soltasse a espada. Em seguida, derrubou-a ao chão com uma rasteira e acertou-a com um chute na cabeça, fazendo com que ela desmaiasse.

Mais tarde, Odin se reuniu com os outros deuses para fazer o julgamento de Hela.

– Hela, deusa da morte, minha neta; como punição para seu crime, deverá permanecer, desde agora até o dia do Ragnarök, prisioneira em seu próprio reino, Helheim, o reino da morte – decretou Odin.

– Você não pode fazer isso! – protestou Hela.

– Claro que posso! Irei colocar barreiras em todas as passagens conhecidas para Helheim, de modo que ninguém jamais irá conseguir entrar ou sair – disse Odin. – Agora, levem-na!

Assim, os guardas de Asgard levaram Hela acorrentada de volta a Helheim.

– Agora, para que mais ninguém tente utilizar o martelo de Thor para fins malignos, eu irei colocar um encantamento nele.

Dito isso, Odin aproximou o Mjölnir de sua boca e disse:

– Somente aquele que for digno poderá levantar este martelo e receber o poder de Thor!

A fúria de Hela sobre Asgard havia aumentado e, um dia, ela iria retornar para ter sua vingança.

1

A CIDADE DOURADA

Era uma manhã de sábado. Erick ainda dormia. Ele era um garoto de doze anos comum, de cabelos loiros e olhos azuis. Bem, pelo menos ele achava que era comum, pois sua vida estava prestes a mudar.

— BUUUU!

Erick acordou num susto, então logo percebeu que apenas se tratava de Jonathan, seu melhor amigo, no momento em que estava quase socando a cara dele. Jonathan era um garoto negro e magro, de cabelo crespo e que usava óculos. Ambos eram amigos inseparáveis; conheciam-se a vida inteira, pois os dois estavam naquele orfanato desde bebês. Jonathan foi deixado ali, porque sua mãe falecera de câncer e seu pai o abandonara. Erick, por outro lado, foi encontrado, ainda bebê, na porta do orfanato em uma noite chuvosa; provavelmente também abandonado pela família. Por conta disso, ele não tinha nenhuma vontade de conhecer seus pais. Isto é, se eles ainda estivessem vivos.

Os dois se arrumaram e começaram a descer as escadas para irem tomar o café da manhã. Enquanto isso, deram início à conversa sobre o que iriam fazer no resto do dia:

— Eu estava pensando em fazermos mais uma pegadinha com a diretora Elizabeth — disse Erick.

— Acho que é melhor não. Você se lembra da última vez que jogamos tinta em cima dela e ficamos uma semana sem poder ver TV e jogar videogame!?

— Ah, Jonathan, pare de ser medroso! Ela não pode nos castigar, porque não vai poder provar que foi a gente dessa vez.

— Ah, tá bom. Qual é o plano? — perguntou Jonathan, relutante.

— Bem, eu estava pensando: e se a gente colocar baratas no prato dela hoje, na hora do almoço? Já que ela morre de medo de baratas...

— E como vamos fazer isso?

— É bem simples. Na hora do almoço, você a distrai. E eu, discretamente, vou jogar os bichos no prato dela.

— Ah, eu sei que vou me arrepender disso... mas estou dentro — respondeu Jonathan. — Vai ser divertido.

— Ótimo! Vou começar a caçar os bichos depois do café da manhã.

Então os dois foram até a cozinha, para tomar o café da manhã. Só que eles não perceberam que alguém os observou durante sua conversa.

Mais tarde, na hora do almoço, Erick e Jonathan prepararam-se para executar o plano.

— Não se esqueça de distrair a diretora e não deixe a atenção dela se voltar para mim! — disse Erick para Jonathan.

— Certo! Vou ver o que posso fazer.

Nesse momento, a diretora Elizabeth entrou na sala de jantar. Ela era uma mulher de mais ou menos sessenta anos, dona de cabelos castanhos com alguns fios brancos e com uma cara de poucos amigos; além de ser muito brava e rabugenta. Ela preparava-se para fazer seu discurso do almoço, como fazia todos os dias, mas quando estava prestes a começar a falar, George entrou pela porta, dizendo que queria conversar com ela. George era um garoto de quinze anos, magrelo, de cabelos longos e escuros e que costumava se vestir como um cantor de *heavy metal*. Ele, ao lado de seus amigos marginais, sempre atormentavam Erick e Jonathan.

A diretora, então, se aproximou dele, para poder ouvir o que ele tinha a dizer.

— Diretora, o Jonathan e o Erick estão planejando fazer mais uma pegadinha com a senhora.

— Que tipo de pegadinha? — A diretora olhou para os dois como se fosse matá-los.

— Eles combinaram que o Jonathan iria distrair a senhora, enquanto Erick colocaria baratas na sua comida.

A diretora aproximou-se deles e perguntou:

— Isso é verdade?

— Mas é claro que não, diretora! — respondeu Erick. — A gente nunca faria isso.

— Estão mentindo, diretora. Meus amigos e eu escutamos quando eles planejavam tudo — disse George, com raiva.

Nesse momento, Erick se levantou da cadeira e, com muita raiva, gritou:

— Seu mentirosooo!

E correu na direção de George. Com apenas um soco, logo o derrubou. Enquanto isso, um dos amigos de George veio por trás, para acertar Erick, porém, sem nem mesmo olhar, Erick deu-lhe uma cotovelada na barriga, então o agarrou pelo braço e o jogou para o outro lado do cômodo. Os outros amigos de George iriam bater em Jonathan, mas Erick correu e desferiu um chute nas costas de um deles. Em seguida, desviou-se de um soco que o último dos amigos de George tentou lhe dar e logo revidou com um soco no queixo, que deixou o garoto desmaiado.

Todos ficaram impressionados com o que Erick fez, e ele próprio não entendia direito o que acabara de acontecer, pois ele não sabia lutar e, um minuto atrás, tinha conseguido acabar com quatro garotos com o dobro de seu tamanho. Bem, mas isso não importava, porque a diretora os colocou em um castigo de um mês, começando imediatamente, já que nesse momento teriam que ficar até o dia seguinte trancados no quarto.

Anoiteceu, e Erick não conseguia dormir. Ao contrário de Jonathan, que já estava roncando. De repente, Erick se viu na rua, em frente ao orfanato, em uma noite chuvosa. Sem entender nada, ele começou a andar em direção ao orfanato, mas logo parou, pois na porta do lugar havia uma mulher misteriosa, que segurava um bebê. Um segundo depois, ela deixou a criança no chão, ali mesmo onde estava, e saiu correndo. Logo após, um grupo de criaturas de armadura negra passou, perseguindo-a. Em seguida, Erick ouviu gritos e barulho de trovão, e, inesperadamente, de dentro do orfanato, saiu uma mulher, que se parecia muito com a diretora Elizabeth, só que mais nova. Então o ambiente mudou. Agora, ele estava sobre uma espécie de arco-íris, que se localizava acima do mar. Ao final do arco-íris, encontrava-se uma cidade dourada, cercada por montanhas e florestas. Assim, Erick virou-se para trás e ali achou um homem negro, que vestia uma armadura dourada e possuía olhos também dourados. O homem então disse para o garoto:

– Meu nome é Heimdall, o guardião da Bifrost. Logo, logo, você irá cumprir seu destino.

Neste momento, Erick acordou de seu sonho, assustado.

– Que sonho mais louco! Mas... ele parecia tão real.

2

O LOBO MORTO-VIVO

Erick ainda estava sem entender o sonho que tivera à noite, pois mesmo que pudesse ser apenas um sonho sem sentido, ele sentia algo estranho sobre aquilo tudo. Foi então que resolveu colocar em prática a ideia que tivera havia um tempo: fugir do orfanato. Ele não queria fugir só por causa do sonho, mas também porque não aguentava mais ficar naquele lugar. Assim, resolveu pedir a ajuda de seu melhor amigo.

Jonathan estava na biblioteca, lendo seu livro favorito; um que falava sobre as aventuras de um menino bruxo. Erick aproximou-se dele e disse:

— Desculpa te incomodar, Jonathan, mas preciso da sua ajuda.

Jonathan olhou para ele com um olhar raivoso e falou:

— Se for para mais uma das suas pegadinhas, não conte comigo!

— Não, não é para uma pegadinha. E, a propósito, me desculpa pelo castigo! — respondeu Erick.

— Está bem. Eu te desculpo — Jonathan cedeu, ainda com um pouco de raiva. — Mas se não é para uma pegadinha, para o que você quer a minha ajuda?

— Preciso da sua ajuda para fugir do orfanato.

— De jeito nenhum! — negou Jonathan. — E por que você quer fugir do orfanato?

— Bem, pode parecer loucura, mas é que eu tive um sonho, e depois desse sonho, percebi que existe algo esperando por mim lá fora e que meu lugar não é aqui.

— Então você quer fugir por causa de um sonho? Você está ficando maluco?

— Não! Ah, quer saber!? Vou dar um jeito de fugir sem a sua ajuda. Nem sei por que pensei que você ia entender.

Erick, então, se virou e começou a andar.

— Erick, espera! — gritou Jonathan.

Mas Erick fingiu não ouvir e saiu da biblioteca.

À noite, Erick resolveu colocar seu plano em ação. Esperou todos irem dormir, então foi em direção ao escritório da diretora, para pegar a chave da porta do orfanato. Ele caminhou lentamente para não acordar ninguém, até que, enfim, chegou à porta do escritório. E, como de costume, a diretora havia deixado a porta destrancada. Erick abriu-a devagar, mas não adiantava, aquela porta velha sempre rangia. Ele então entrou no escritório. Agora, só teria que achar a chave. Erick fez o óbvio: foi procurá-la nas gavetas da mesa da diretora. Para sua surpresa, porém, ela não estava lá. Achar aquela chave seria mais difícil do que ele imaginava. O garoto começou a vasculhar o escritório todo, mas não encontrou nada. Já estava quase desistindo quando ouviu barulho de passos vindo em direção ao escritório. Ele se escondeu atrás da mesa às pressas. Poucos segundos depois, a porta se abriu. A diretora Elizabeth entrou no escritório. Ela parecia procurar algo. Foi até uma estante que se localizava na parede à frente e tirou algumas coisas de dentro de um vaso de flores; moedas antigas, uma cartela de remédios para dormir e a chave do orfanato. A diretora pegou a cartela de remédios e saiu do escritório. Erick estava tremendo. Parecia que seu coração iria pular para fora de seu peito. Ele não gostava nem de imaginar o que aconteceria se a diretora o descobrisse. Bem, tudo valeu a pena por fim, pois agora ele sabia onde a chave se encontrava.

O garoto esperou alguns minutos em seu esconderijo, até que a diretora voltou para guardar a cartela de remédios e também as outras coisas dentro do vaso, inclusive a chave. Depois de ela sair do escritório, Erick esperou ainda mais um pouco, para dar tempo de Elizabeth voltar para seu quarto. Finalmente, ele pegou a chave e foi até a porta principal. Quando estava prestes a fugir, uma voz o chamou:

— Erick.

Ao se virar, Erick viu que quem estava lá era Jonathan e disse:

— O que está fazendo aqui?

— Eu vim me despedir — respondeu Jonathan. — Também para te lembrar de que isso é uma loucura.

— Eu sei que é uma loucura, mas todas as respostas para as dúvidas que eu tive a vida inteira estão lá fora — disse Erick. — Por isso, preciso fazer essa loucura.

— Então faça — disse Jonathan.

— Consegue se virar sem mim?

— Claro que consigo, Erick.

Muito triste por ter que deixar o amigo, Erick se despediu:

— Adeus, Jonathan, meu amigo!

— Adeus, Erick!

Erick foi embora. Infelizmente, não sabia se veria o amigo de novo. Agora, ele estava sozinho na noite, pelas ruas de Londres. Finalmente iria poder resolver todos os mistérios que o perturbaram por anos. Só tinha um único problema: ele não fazia a mínima ideia de por onde começar a procurar.

Ele já se achava andando por horas. Suas pernas estavam cansadas. Começava a pensar que Jonathan tinha razão, que isso tudo era loucura. Resolveu parar para descansar, então o longo silêncio da noite foi interrompido de repente por sons que pareciam ser rosnados de cachorros. Erick recomeçou a andar, pois não queria que seu destino fosse ser devorado por cães de rua. Os rosnados, no entanto, começaram a ficar mais altos. Ele passou a correr, porém, quando virou a esquina, deparou-se com a criatura mais assustadora e incrível que já vira na vida. Era um lobo de pelo azul, coberto de neve; suas costelas direitas apareciam para fora do corpo; tinha olhos completamente vermelhos como sangue, e a boca era repleta de dentes enormes e afiados, sem contar que possuía a mesma altura de Erick. Aquilo era, definitivamente, um lobo de gelo zumbi. As pernas de Eric não paravam de tremer. Ele não conseguia nem pensar direito, de tão assustado que estava. Bem, era isso ou poderia ser por conta do ar frio que emanava ao redor do monstro. Nesse momento, Erick fez o que qualquer um faria em seu lugar: correu o mais rápido que pôde. Só que isso não pareceu adiantar, já que os rosnados e uivos do lobo monstruoso ficavam cada vez mais próximos. Erick podia ouvir os passos pesados do lobo vindo em sua direção. Para conseguir despistar o monstro, ele começou a pular por cima dos carros que estavam estacionados na rua. Entretanto, isso também não adiantava. O garoto não queria morrer devorado por um lobo de gelo zumbi, mas já começava a perder as esperanças.

Foi então que Erick sentiu a enorme pata do lobo o derrubar. Ele caiu e viu-se com o lobo sobre si; aquela boca enorme, cheia de dentes, quase arrancando sua cabeça. O hálito da fera fedia a carne podre. De repente, por instinto, Erick deu um soco na criatura. E, por incrível que pareça, a coisa voou a cinco metros de distância. A essa altura, o garoto não estava entendendo mais nada. A criatura se levantou do chão e cuspiu uma espécie de fogo azul na direção de Erick, que se abaixou depressa, fazendo com que o fogo acertasse um carro que se encontrava atrás dele. Estranhamente, o fogo não queimou o carro, mas sim o congelou. "Ótimo! Agora é um lobo de gelo zumbi gigante que cospe fogo congelante", pensou Erick, que já estava correndo, enquanto o lobo cuspia fogo azul. Uma dessas chamas congelantes acertou a perna de Erick e a congelou, fazendo com que ele não conseguisse mais se mover para fugir.

Porém, quando tudo parecia estar perdido, de repente um feixe de luz desceu do céu, e, de dentro dele, saiu um homem de armadura dourada, que segurava uma espada. O lobo raivoso saltou na direção do estranho homem do céu. Contudo, com apenas um golpe, o homem decapitou a criatura. Em seguida, o homem se virou para Erick e, nesse instante, ele o reconheceu como sendo o homem de seu sonho. O homem do sonho então aproximou sua espada da perna do menino e, subitamente, um intenso brilho surgiu. Assim, Erick sentiu um calor, seguido de um formigamento, e, poucos segundos depois, ele já estava se sentindo bem novamente; sua perna foi descongelada.

O homem do sonho estendeu a mão para Erick e disse:

— Venha comigo! Seu verdadeiro lar o aguarda.

Erick, meio perplexo, segurou a mão do homem e, de repente, um feixe de luz desceu do céu, sugando os dois.

3

A FILHA DE SIF E O FILHO DE TYR

Erick, de repente, viu-se dentro de uma espécie de templo de paredes douradas. As paredes eram todas decoradas com escudos e lanças pendurados; chegava até a arder os olhos de tanto brilho. Ao lado dele estava o homem do sonho. Ele começou a andar e Erick o seguiu. Ambos passaram pelo que parecia ser a única entrada e a única saída do lugar. Ao saírem, ele se viu pisando em um arco-íris, que flutuava acima de um enorme mar que, para a sua surpresa, despencava em uma imensa cachoeira em direção ao infinito. Na outra ponta do arco-íris, achava-se uma cidade com construções e casas douradas, de aspecto antigo, cercada por um belo muro branco. Fora dos limites da cidade, encontravam-se inúmeras montanhas e florestas. Já no centro, via-se um enorme palácio, tão grande quanto a maior montanha que Erick já vira.

— Que maluquice é essa? — ele perguntou, quase desmaiando.

— Eu irei lhe explicar tudo — disse o homem do sonho. — O que você quer saber primeiro?

— Bem... primeiramente, quem é você? Que lugar é esse? O que era aquele lobo? O que está acontecendo?

— Me chamo Heimdall, aquele que tudo vê — falou ele. — Eu sou o guardião da Bifrost...

— Espera aí! Heimdall, o personagem dos livros de mitologias que eu li na escola? — interrompeu Erick.

— Sim, o guardião da Bifrost, a ponte arco-íris, onde estamos pisando neste exato momento. Eu guardo este lugar, observando quase tudo o que ocorre nos nove reinos, graças ao meu dom. E quanto àquela criatura que o atacou, ele era Garm, o lobo que guarda Helheim, o reino de Hela, a deusa da morte.

— Mas isso é impossível! Você não é real! É só uma história.

— Pareço uma história para você, garoto? — questionou o deus. — Venha comigo. Irei lhe mostrar Asgard.

Quanto mais andavam, mais Erick ficava admirado com a beleza do lugar. Ele logo reparou que, no céu sobre Asgard, um grande castelo emergia das nuvens.

— Aquele é Valhala, o local de treinamento do exército particular do pai de todos. Os guerreiros bons, que morrem com honra em batalha, são levados para lá pelas valquírias, para fazerem parte do exército de Odin; eles permanecem lá, treinando até o Ragnarök — explicou Heimdall.

— Ragnarök. Eu já li isso em algum livro. O que é mesmo?

— Você deve conhecer como o fim dos tempos. É o dia do fim de Asgard e de todos os nove reinos.

— Tá, mas quando eu vou poder conhecer os outros deuses, sabe, tipo Thor, Odin...? Se isso tudo for mesmo real... Acho que estou ficando louco. Devo ter batido a cabeça — disse Erick, em desespero.

— Creio que não será possível você conhecer o pai de todos. Ele não se encontra mais entre nós há muito tempo.

— Como assim? Ele morreu? — perguntou o garoto.

— Não. Ele se encontra em Valhala, preparando-se para o Ragnarök, e não pisará em Asgard até que o fatídico dia chegue. Agora, vamos andando!

— Mas por que você me trouxe aqui? — indagou Erick.

Heimdall, por um momento, pareceu fingir não ouvir a pergunta. Mas, alguns segundos depois, resolveu respondê-la.

— Porque você não é totalmente humano, garoto.

Erick ficou confuso com a resposta de Heimdall.

— Como assim, eu não sou totalmente humano? Isso não faz sentido.

Heimdall resistiu um pouco para falar. Ele não parecia muito à vontade para conversar sobre esse assunto. No entanto, respirou e disse:

— Seu pai era algo muito maior e mais poderoso que um humano.

Nesse momento, a cabeça de Erick fez um nó, pois se o pai dele não era humano, então o que poderia ser? Mas isso explicava como, com apenas um soco, havia jogado o tal Garm a cinco metros de distância; também explicava por que ele era diferente dos outros garotos.

— Como assim? — Erick estava perplexo.

— Chega de perguntas! — declarou Heimdall, parecendo estar um pouco irritado por causa do assunto.

Ao atravessarem os portões de Asgard, Erick ficou ainda mais maravilhado. A cidade era como o paraíso, cheia de prédios dourados, enfeitados por escudos e lanças nas paredes. Havia estátuas de guerreiros por todos os lados e diversos jardins e riachos, que corriam em meio às ruas. Os dois passaram por, pelo menos, sete arenas de combate, o que fez Erick perguntar:

— Por que tantas arenas?

— Luta e guerra fazem parte de nossa cultura, os Aesir. Por esse motivo os humanos nos chamavam de deuses da guerra.

— O que é Aesir? — perguntou Erick.

— Existem dois grupos de deuses, os Aesir ou deuses da guerra, que vivem em Asgard, e os Vanir, que são deuses ligados à natureza, fertilidade e à pureza, como Frey e Freya; estes vivem em Vanaheim. Há eras os Vanir e os Aesir entraram em guerra, mas ambos se uniram contra os Jotuns, ou gigantes de gelo, e também contra os gigantes de fogo.

— Ah, então quer dizer que agora têm gigantes também? Que maravilha! — disse Erick.

Eles andaram mais um pouco até que chegaram à frente do enorme palácio, que ficava no centro da cidade.

— Este é grandioso palácio de Odin. Na torre mais alta encontra-se um dos tronos de Odin; aquele que se sentar nesse trono poderá enxergar qualquer lugar dos nove reinos — explicou Heimdall.

O palácio era magnífico, todo dourado e cheio de janelas e varandas em suas enormes torres. Ele, com certeza, era uma das coisas mais belas que Erick já havia visto.

Ao caminharem alguns minutos mais, chegaram à entrada de um grande castelo, mas não tão grande quanto o palácio do pai de todos.

— Aqui é o nosso local de destino — disse Heimdall.

— Que lugar é esse? — indagou Erick.

— Esta é a academia dos deuses, onde você irá aprender técnicas de batalha e a história dos nove reinos. Aprenderá também a escrever e a ler na língua dos Aesir.

— Então, é tipo uma escola? — perguntou o garoto.

— Quase isso. Bem, agora me acompanhe. Irei lhe apresentar ao seu instrutor.

Ao entrarem no castelo, eles chegaram num enorme saguão cheio de meninos e meninas, que aparentavam ter de doze a dezessete anos, e, por algum motivo, todos utilizavam armaduras.

À frente deles, havia uma imensa fonte, que era enfeitada por estátuas de guerreiras que usavam um capacete com asas. Erick julgou serem valquírias aquelas guerreiras, pois elas eram exatamente iguais à imagem de uma valquíria que ele vira em um livro uma vez. Ao lado da fonte, encontrava-se uma mulher, que se parecia uma das estátuas; ela tinha um porte atlético, cabelos ruivos e olhos azuis. Eles se aproximaram dela e, então, a mulher perguntou:

— Esse é o garoto de quem me falou?

Assim, Heimdall respondeu:

— Sim, é ele.

— Qual é a idade dele?

Heimdall virou-se para Erick, indagando sua idade. A resposta de Erick foi:

— Eu tenho doze anos.

— Hum, muito novo — disse a mulher. — Ele é um semideus, não é?

Erick ficou sem entender como ele poderia ser muito novo se ali havia garotos e garotas que aparentavam ter a mesma idade que ele.

— Sim, ele é — respondeu Heimdall à mulher.

— Está explicado — falou ela.

Erick então perguntou:

— Como assim, eu sou muito novo?

— Para os deuses, o envelhecimento funciona de forma diferente do que ocorre para os humanos. Um deus terá a aparência de um humano jovem dos doze aos cento e doze anos de idade... Depois disso, eles envelhecem como os humanos, até os cento e vinte e dois anos. A partir dessa idade, os deuses começam a envelhecer de uma forma extremamente lenta. Eu, por exemplo, tenho nove mil anos de idade, mas pareço um humano de quarenta anos.

— Entendi — disse Erick. — Mas eu vou envelhecer dessa forma lenta também?

— Para os semideuses, isso pode variar. Mas, em geral, os semideuses começam a envelhecer da mesma forma lenta que os deuses a partir dos trinta anos de idade.

— Então, se eu sou um semideus, meu pai é um deus? — perguntou Erick para Heimdall.

Heimdall balançou a cabeça, sinalizando que sim. Em seguida, ele olhou para a valquíria e lançou um olhar sério para ela. Ela, por sua vez, respondeu com um aceno de cabeça.

— Bem, agora eu preciso ir. Você ficará sob os cuidados da valquíria.

Dito isso, Heimdall saiu pelos portões e sumiu no meio da multidão. Erick se virou para a valquíria e perguntou:

— Então, qual é o seu nome e como funcionam as coisas por aqui?

— Me chame apenas de Valquíria. Você pode explorar a academia e tentar fazer amizades; tenho assuntos para resolver agora.

Assim, ela se foi. Erick, agora sozinho, começou a andar pelos corredores da academia, que estavam cheios de garotos e garotas vestidos com armadura e armados até os dentes. "E pensar que o mais novo dentre essas pessoas pode ser até cem anos mais velho do que eu! Isso me assusta!", pensou o menino.

Ele andou mais um pouco, até que esbarrou em um garoto e caiu no chão. O garoto estendeu a mão para ajudar Erick a se levantar.

— Qual é o seu nome? — ele perguntou para Erick.

Mas antes que ele pudesse responder, uma espada quase o acertou no olho esquerdo. Uma garota estava, nesse momento, apontando uma espada para ele. O garoto que derrubara Erick interviu, dizendo:

— Calma aí! Não precisa assustá-lo desse jeito!

— Então ele não está te incomodando? — perguntou a garota, que havia pouco quase perfurara o olho de Erick.

Ela então guardou a espada. Ela aparentava ter, mais ou menos, a idade de Erick; só que, provavelmente, deveria ter mais de cem anos. Era bonita. Possuía um porte atlético, olhos muito verdes e cabelos longos e negros. Já o garoto também aparentava ter doze anos, mas ele era um pouco mais baixo que Erick; tinha cabelos ruivos encaracolados e era gordinho, porém parecia ser bem forte.

— Desculpe por ela! Ela geralmente não costuma tratar as pessoas assim. Ah, eu sou Aleifr, filho de Tyr; e a esquentadinha aqui é a Violet, filha de Sif — falou o garoto.

— Prazer, eu me chamo Erick.

— Você é o aprendiz novo, não é? — perguntou Violet.

— Sim, eu sou... acho.

— Não se preocupe! Já que é um de nós, vamos te mostrar tudo aqui na academia, e, se quiser, pode andar com a gente. Você não parece o tipo de pessoa que vai conseguir fazer muitas amizades por aqui, assim como a gente — disse Aleifr.

De repente, Erick ouviu gritos vindos de trás de Aleifr e Violet. Ambos viraram os rostos, e Erick pôde descobrir que os gritos vinham de uma multidão, que assistia a um garoto loiro espancar outro garoto.

— Quem é ele? — indagou Erick.

— Aquele é Hakon, o filho de Balder. Ele meio que acha que manda nos outros. Odeio ele — respondeu Aleifr.

Hakon era um garoto da mesma altura de Erick. Tinha cabelos loiros e lisos, jogados para trás e possuía olhos verdes; só não eram tão verdes quanto os de Violet.

De repente, um som de trombeta começou a soar. Todos então começaram a caminhar; os mais velhos foram para um lado e os mais novos para o outro.

— Vamos! Está na hora da aula — falou Violet.

4

HELA, A DEUSA DA MORTE

Três dias antes de Erick ser atacado por Garm, no reino Helheim, mais precisamente no palácio de Hela, a deusa da morte, uma estranha visita foi até lá. Um homem encapuzado entrou na sala do trono sem o consentimento de Hela. Ela, quando o encontrou, criou uma espada através de seu dom e foi em direção a ele, para matá-lo. Hela era uma mulher alta, que vestia uma armadura negra com um brasão prateado em forma de caveira em seu peito. Seu rosto era belo, mas ameaçador. Possuía olhos escuros como a noite; seu cabelo era longo e negro. Ela também utilizava uma capa verde. Toda essa combinação lhe dava uma aparência extremamente assustadora.

— Eu não faria isso se fosse você! Já que eu conheço a única maneira de você sair daqui.

Hela parou. Olhou para o homem de capuz com um olhar frio e vazio e perguntou:

— Quem você pensa que é para invadir o meu reino?

— Quem eu sou não importa. A única coisa que importa é que eu vim ajudá-la a sair de sua prisão e dominar Asgard.

— É impossível para mim sair daqui. Odin certificou-se muito bem disso. Ele colocou barreiras em todas as passagens para fora de Helheim.

— Ah, não, minha querida! Com certeza ele não colocou barreiras em todas. Existem passagens secretas entre os reinos que até o pai de todos desconhece; mas eu conheço todas.

— Por que eu deveria confiar em você?

— Não tem como você saber se pode confiar em mim, mas você precisa e vai confiar, pois esta é sua única chance de ter a sua vingança. Porém, escute! Antes de invadir Asgard, você tem que se livrar de um pequeno obstáculo, alguém que pode estragar tudo.

Hela fixou o olhar amedrontador e vazio no homem. Ele, no entanto, não ficou nem um pouco incomodado com isso.

— Quem eu preciso eliminar? — ela perguntou, interessada no que o homem de capuz dizia.

— Você precisa eliminar uma criança chamada Erick, que vive em Midgard; ele é filho de um deus Aesir. Esse garoto é o único que pode interferir em sua dominação de Asgard.

— Certo. Mandarei Garm, o guardião de Helheim, atrás desse garoto. Mas me responda, por que você está me ajudando?

— Ora, a resposta é muito simples: quero ver Asgard queimar!

◆

Erick seguiu Violet e Aleifr para a suposta aula que eles teriam.

— Então, como funcionam as aulas por aqui? — perguntou Erick. — É que eu não tenho nada comigo agora.

— Não se preocupe! Hoje é dia de aula oral; não precisamos de pergaminhos nem penas — explicou Violet.

— E, além do mais, você deve receber seus materiais mais tarde — disse Aleifr.

Eles entraram por uma porta à esquerda. A sala era enorme, maior que qualquer sala de aula que Erick já tinha visto. A parede à direita deles era repleta de janelas; a da esquerda possuía diversos mapas esquisitos e estantes de livros. À frente, havia um palco e uma imensa parede negra. As carteiras, para a surpresa de Erick, eram até que normais; tratavam-se de mesas compridas com três acentos.

— Venham. Vamos nos sentar nessa carteira no fundo — disse Violet.

Assim que os outros "alunos" adentraram, Valquíria, para espanto de Erick, entrou voando.

— Muito bem, meus aprendizes. Estão todos prontos para a aula de hoje?

— Ela estava voando?

— Sim, Erick. Ela é uma valquíria; é uma das habilidades dela — respondeu Violet.

— Sabe, é o sonho da Violet se tornar uma valquíria. Já eu, sonho em me tornar um guerreiro, tão grandioso quanto o meu pai foi.

— Fique quieto, filho de Tyr! Ou vou fazer com que se torne mais feio que um javali verruguento! — ameaçou Violet.

— Ei! Vocês aí no fundo! Podem ficar quietos, por favor!? — pediu Valquíria para Erick e os colegas que conversavam.

Os três então fizeram silêncio. Erick estava muito nervoso com essa situação. Ele se encontrava naquele momento estudando em uma "escola" de um mundo mitológico e havia acabado de levar uma bronca; a cabeça dele parecia que iria explodir.

— Certo, aprendizes! Creio que todos aqui devem saber o que é a Yggdrasil, correto?

Erick de repente levantou a mão.

— Gostaria de perguntar algo?

— Er... sim... er o que é essa tal *iguidrasil*? — indagou ele, todo sem jeito.

Nesse momento, todos começaram a rir dele. Muito sem graça, ele se encolheu no assento.

— Tinha que ser o impuro! — disse Hakon.

Valquíria fez um movimento com as mãos e imediatamente todos pararam de rir e de falar. Ela então se virou e tocou a enorme parede negra. Assim, a parede começou a brilhar e diversos símbolos apareceram. Após isso, Valquíria pressionou um deles e uma enorme imagem apareceu. Era a imagem de uma árvore sem folhas. Nove enormes esferas localizavam-se na ponta dos galhos e raízes, e havia também uma no centro do tronco. Além disso, a árvore possuía alguns animais nela. Em seu topo, acima de Asgard, tinha uma águia; em seu tronco, havia um esquilo e, em suas raízes, uma grande cobra.

— Isso é tipo uma televisão gigante? — perguntou Erick.

— O que é uma televisão? — indagou Aleifr de volta.

Hakon estava de longe, zombando de Erick, que fingia não perceber. Valquíria, de repente, fez outro movimento com as mãos e Hakon rapidamente começou a prestar atenção nela.

— Muito bem, aprendiz Erick. Yggdrasil, também conhecida como árvore dos mundos, é uma enorme árvore celestial, onde os nove reinos se encontram. Estes reinos são: Asgard, mundo dos Aesir; Vanaheim, mundo dos Vanir; Midgard, mundo dos homens; Alfheim, os mundos dos elfos claros; Nidavelir, o mundo dos anões, onde também pode ser considerado o mundo dos extintos, sombrios e asquerosos elfos negros; Jotunheim, mundo dos extintos jotuns, ou também chamados de gigantes de gelo; Muspelheim, mundo dos gigantes de fogo; Helheim, mundo dos mortos, e, por último e pior, Niflheim, mundo da névoa e gelo eterno.

— Er... o que são esses animais aí na árvore?

— A águia que você vê acima de Asgard, no topo da Yggdrasil, é Hraesvelgr. A serpente que está nas raízes da Yggdrasil é chamada de Nidhoggr; ela rói as raízes com o objetivo de derrubar a Yggdrasil quando o dia do Ragnarök chegar. E o esquilo é Ratatosk; ele é o guardião da Yggdrasil e é também responsável por levar os insultos de Hraesvelgr para Nidhoggr — explicou Valquíria. — Os nove mundos são ligados pelos galhos e raízes da Yggdrasil; eles são uma das muitas formas de se viajar entre os reinos. Mais alguma dúvida?

— Não... Er... muito obrigado por me esclarecer tudo — disse Erick.

Para Erick, aquilo tudo era loucura. Nesse momento, ele estava prestes a enlouquecer e torcia para tudo aquilo ser apenas um sonho maluco. Mais tarde, após a aula, Erick reuniu-se com Violet e Aleifr no "refeitório". O lugar era tão grande quanto um campo de futebol. Tinha centenas de mesas enormes, nas quais milhares de pessoas se sentavam. Nas paredes havia enormes fornos, que estavam assando coxas de galinhas gigantes.

— O centro de alimentação de guerreiros é magnífico, não é!? — disse Aleifr para Erick.

— Vamos nos sentar logo, antes que não sobre lugar — falou Violet, com raiva.

Enquanto andavam, Erick perguntou para Aleifr:

— Por que ela ficou tão brava com você lá na aula?

— Ah, bem, é que ela não gosta de falar sobre o sonho dela.

— Ué, por que não?

— É por causa do Hakon. Ele a humilhou uma vez, dizendo que ela jamais iria conseguir, pois para ser uma valquíria é preciso ser uma guerreira forte e valente, e ela não passava de uma garota chorona que não superou o desaparecimento da mãe.

— Esse Hakon é um idiota! — constatou Erick.

— Dá para os dois ficarem quietos!? — esbravejou Violet.

Os três se sentaram em uma mesa mais à frente com alguns outros aprendizes. Logo, foram servidos com diversos tipos de alimentos, desde frutas à carnes gigantes. Para a surpresa de Erick, Violet devorou uma coxa gigante em segundos, enquanto ele ainda aproveitava as frutinhas.

— Então as aulas acabaram por hoje, não é? — ele perguntou.

— Ah, não mesmo! Após o intervalo, a gente vai para a minha aula favorita, o treinamento de batalha — respondeu Violet.

— Treinamento de batalha?

— Não precisa se preocupar! Como você é novo aqui, a Valquíria deve pegar leve com você — tranquilizou-o Aleifr.

— Tomara!

5

HAKON, FILHO DE BALDER

Após comerem, todos se reuniram na arena onde Valquíria já os aguardava.

— Hoje, teremos treinamento de combate em duplas, que eu já escolhi. Bem, a primeira dupla a se enfrentar serão Violet e Aleifr.

— Ah, não! De novo não! — reclamou Aleifr.

— Vou te transformar em poeira de Muspelheim — falou Violet.

Os dois seguiram para o centro da arena e ergueram suas espadas. Erick, então, percebeu que não estava usando nenhuma armadura e nenhuma arma.

— Com licença, eu não tenho nenhuma armadura e espada — informou Erick.

— Pode ir até o salão de armas e armaduras e escolher as suas. Fica naquela entrada à direita — indicou Valquíria.

Ao entrar no salão, Erick deparou-se com inúmeras armaduras e armas diferentes, uma mais brilhante que a outra. Ele escolheu uma armadura prateada, que possuía a imagem de um martelo no peitoral, e uma espada, também prateada. A armadura era bem pesada, mas a espada era mais leve do que ele imaginava.

Após se equipar, ele voltou para a arena, que mais parecia o coliseu de Roma, que Erick havia visto nos livros da escola. O centro da arena, no chão, era composto de areia e havia diversos barris pelos cantos.

— Ora, vejo que escolheu a armadura de Thor, o deus do trovão, senhor Erick — comentou a Valquíria.

— Armadura de Thor, como assim? — ele perguntou.

— Aqui, as armaduras são criadas com inspiração em deuses diferentes, como a da senhorita Violet, por exemplo, que é a armadura de Sif, e a do Aleifr, que é a armadura de Tyr. Bem, mas, agora, senhor Erick, pode voltar ao seu lugar! E senhor Aleifr e senhorita Violet podem começar o combate.

Logo, os dois entraram em posição de combate. Aleifr avançou em direção à Violet com um golpe, mas ela desviou a investida com sua espada, fazendo com que a arma do amigo voasse para longe. Por fim, ela o acertou com um soco que o arremessou a metros de distância. Erick ficou perplexo com o que tinha acabado de presenciar.

— Certo. Muito bom, senhorita Violet! Agora, a próxima dupla a se enfrentar serão Hakon...

— Vou arrebentar qualquer um que ousar lutar comigo! — interrompeu Hakon.

—... e Erick! — continuou a treinadora Valquíria.

— O quê? — disse Erick.

Erick e Hakon foram para o centro da arena. Ambos empunharam as suas espadas, por mais que Erick não soubesse direito como deveria fazer isso.

— Eu vou te fazer em pedaços, seu impuro! — ameaçou Hakon.

Ao sinal da treinadora, Hakon desferiu um golpe que jogou a espada de Erick do outro lado da arena. Erick, por sua vez, ficou sem reação. Hakon então o acertou com um chute no abdômen, que o fez cair. Enquanto Erick se contorcia de dor, Hakon o arremessou em um monte de barris. Erick se levantou, tonto e sentindo uma enorme dor no estômago. A cada momento, ele gostava menos de Hakon. Até tentou acertar um soco em seu oponente, porém Hakon se desviou sem dificuldade, parecendo estar se divertindo com os seus fracassos. O filho de Balder cerrou o punho e desferiu um soco no rosto de Erick que, à medida que tentava se levantar, sentia o sangue escorrendo de seu nariz. Assim, Hakon agarrou Erick e o jogou contra os barris mais uma vez. Após se espatifar ali novamente, Erick perdeu a consciência.

Quando Erick acordou, viu-se em um quarto estranho, deitado em uma cama enorme, com Aleifr e Violet o observando.

— Você levou uma surra feia; se eu fosse você, não sairia da cama pelo resto da minha vida — falou Aleifr.

— Ai... o que aconteceu? — indagou Erick, que sentia algumas dores nas costelas.

— Hakon te estraçalhou — disse Violet.

Erick estava com uma terrível dor de cabeça, mas, ainda assim, tentou se levantar.

— Eu não faria isso se fosse você! Quando você chegou aqui, estava cheio de hematomas e três costelas quebradas. Deveria descansar!

De repente, uma mulher alta, de aparência jovem, olhos e longos cabelos ruivos, que usava um extenso vestido verde, entrou no quarto.

— Eu sou Eir, deusa da cura; muito prazer, senhor Erick — falou a mulher.

— Muito prazer. Mas é sério, eu estou bem. Posso me levantar.

— É claro que você está bem! Eu cuidei e curei você.

— Não se preocupe, senhora Eir. Ele já está melhor, já pode vir com a gente — falou Violet.

Erick se levantou e seguiu Violet e Aleifr. Ao saírem do quarto, Eir falou algo que Erick não entendeu direito. Foi algo como:

— Se precisarem, estarei à disposição, mas espero que não precisem tão cedo.

Os três seguiram para um morro, fora dos muros de Asgard. Já era noite. A noite em Asgard era a coisa mais bela que Erick já vira. O céu ficava iluminado por estrelas e com brilhos de ranhuras. Os três se sentaram embaixo de uma árvore.

— Essas ranhuras que você vê no céu são as energias dos galhos da Yggdrasil — explicou Violet.

— É lindo! — disse Erick. — Me desculpem por perguntar, mas e quanto aos pais de vocês?

— Minha mãe, Sif, desapareceu após a última guerra contra os elfos negros. Outros deuses também morreram nessa guerra — esclareceu Violet, com uma expressão triste no rosto. — Desde então não tenho ninguém. Meu pai foi embora antes do meu nascimento; ninguém nunca me disse quem ele era.

— E meu pai morreu na guerra contra os malditos jotuns. Já a minha mãe, Freya, finge que eu não existo — disse Aleifr.

— Me desculpem! Eu não sabia...! Droga! Sou um idiota, não deveria ter perguntado.

— Não, está tudo bem; não tinha como você saber — falou Violet.

Um enorme silêncio pairava sobre eles agora. Erick estava envergonhado por ter perguntado sobre os pais dos amigos. No entanto, para tentar puxar assunto, ele resolveu perguntar:

— Agora me respondam, por que o Hakon me chamou de impuro?

— Ah, o Hakon é um tipo de asgardiano que tem preconceito com semideuses. Ele acha que só porque um semideus é uma mistura de sangues, significa que não são "puros" — respondeu Violet.

Eles ficaram mais um tempo ali, conversando e admirando a noite, até que uma fruta despencou da árvore sobre eles. Erick a pegou e a observou; ela se parecia com uma pera, mas era roxa.

— Pode comer. É uma pera asgardiana; é muito boa — falou Aleifr.

Erick mordeu a fruta e se surpreendeu; aquilo tinha gosto de chocolate.

— Uau! Tem gosto de chocolate.

— Está tarde, temos que ir — disse Violet.

Ao olhar para o lado, Erick viu Heimdall, sentado embaixo de outra árvore mais abaixo de onde se encontravam.

— Vou ali falar um pouco com Heimdall.

— Tá, mas não demora! E, se quiser, pode dividir o dormitório comigo lá na academia, é o dormitório trezentos e noventa e sete. Tenho uma cama sobrando — falou Aleifr.

— Pode ser — respondeu Erick.

Após Aleifr e Violet se retirarem, Erick foi falar com Heimdall. O Aesir estava comendo uma daquelas frutas com gosto de chocolate. Ao ver Erick se aproximando, ele falou:

— Fiquei sabendo de sua derrota no treino hoje, jovem Erick.

— Quero voltar para a Terra! — declarou Erick.

— Mas por quê?

— Esse não é o meu lugar. Meu lugar é na Terra, no orfanato.

— Você não pode voltar — disse Heimdall.

— Mas por que não?

— Porque seu lugar é aqui agora, jovem Erick; seu lugar é em Asgard, junto com os outros asgardianos e os Aesir.

— Mas...

— Nada de "mas"! Você já está até fazendo amigos — interrompeu Heimdall.

Após essa conversa, os dois se sentaram na grama. Erick estava zangado com Heimdall por não o querer levar de volta à Terra. Alguns minutos depois, começaram a conversar sobre o treino de Erick.

— Por que a Valquíria me escolheu para lutar com o Hakon, se eu nunca tinha usado uma espada antes?

— Olha, jovem Erick, a Valquíria pode ser rigorosa e incompreensível às vezes, mas ela sabe o que faz; então, se ela o escolheu para lutar com o jovem Hakon, ela teve um motivo — explicou Heimdall. — Porém, se você quiser, eu posso treiná-lo, para você não levar outra surra no próximo treino.

— Sério?

Os dois, então, se prepararam. Erick empunhou sua espada e Heimdall a sua.

— Para a lição de hoje, irei lhe ensinar um movimento muito perigoso para o inimigo, e que pode lhe dar uma enorme vantagem na batalha. Agora, me ataque!

Erick foi em direção a Heimdall, pronto apara atacar com a espada, mas, antes que pudesse acertar o golpe, Heimdall o interceptou com a lâmina de sua própria, fazendo então um giro com ela, arremessando a espada de Erick para longe. Em seguida, ele encostou sua arma na garganta de Erick.

— Entendeu, jovem Erick?

— Acho que sim!

— Ótimo! Agora é a sua vez. Eu o atacarei e você irá executar o golpe.

Assim ele o fez; Heimdall atacou Erick, só que o garoto acabou se desequilibrando e caiu, e Heimdall colocou a lâmina de sua espada próximo aos olhos de Erick.

— De novo! — ordenou Heimdall.

Após algumas tentativas, Erick conseguiu efetuar o ataque, mas não de uma forma perfeita.

— Muito bem. Agora, é só você praticar um pouco mais que pegará o jeito — falou Heimdall.

De repente, um javali apareceu perto dos dois e uma cobra rapidamente o atacou. Então, Heimdall espantou a cobra, que fugiu com medo. Erick foi observar o javali, que se contorcia de dor. Em poucos segundos, o animal parou de se mexer.

— Veneno de basilisco — constatou Heimdall. — Mata qualquer coisa em segundos, até mesmo deuses.

— Aquilo era um basilisco?

— Sim. Uma criatura mortal e perigosa. Se ela olhar diretamente para você, bem, você vira pedra, e, quanto ao veneno, você já viu o que ele pode fazer — disse Heimdall. — Mas agora já está tarde. Você precisa ir, terá um longo dia amanhã.

— Bem, então tchau, Heimdall!

— Até logo, jovem Erick!

Após Erick partir, Valquíria chegou voando e foi falar com Heimdall sobre algo muito importante.

— Me chamou, Heimdall?

— Sim, Valquíria. Tenho um assunto muito urgente para tratar!

Assustada, ela resolveu perguntar:

— E sobre o que seria?

— Quando fui buscar o garoto em Midgard, Garm, o cão de Hela, estava lá. Creio que ela esteja tramando alguma coisa.

— Mas isso é impossível! Ela está presa em Helheim. E se ela estivesse planejando algo, você poderia vê-la, não é?

— Não, não consigo mais enxergá-la. Por isso, quero que você dobre a segurança de Asgard e triplique a do garoto.

Erick demorou para encontrar o dormitório de Aleifr. Por fim, encontrou-o no último andar do castelo e entrou. O aposento tinha um chão de madeira e paredes verdes com tochas. Havia três armários e três camas, a única ocupada, a da esquerda, era a de Aleifr. A cama da direita estava ao lado de uma janela e a central possuía sobre si um quadro com a representação de deuses lutando contar gigantes de gelo.

— Você finalmente chegou, Erick. Estava te esperando. Pode escolher qualquer uma das camas que restaram, porque eu meio que sou o único nesse dormitório; ninguém o quis dividir comigo — disse Aleifr, entusiasmado.

— Mas e a Violet? — perguntou Erick.

— Bem, ela é uma garota, então fica no dormitório das garotas.

— É, faz sentido!

Erick escolheu a cama que estava perto da janela. Ele abriu o armário e lá havia um pijama, algumas gavetas e um lugar para guardar armaduras.

— Onde fica o banheiro? — ele indagou.

— Fica naquela porta ali, no canto.

Erick foi até o banheiro que, para sua surpresa, era igual a um banheiro da Terra. Ele se trocou, escovou os dentes e logo se deitou na cama, que era macia como uma nuvem.

— Então, Erick, o que achou do seu primeiro dia aqui em Asgard?

— Bem, eu gostei; é diferente, esquisito, maluco e bizarro, mas é melhor do que o orfanato onde eu vivia. Mas ainda sinto falta da Terra.

— Entendo... Bem, então boa noite, Erick!

— Boa noite!

6

A AMEAÇA IMINENTE

No dia seguinte, após acordarem, Erick e Aleifr vestiram suas armaduras e foram para o refeitório. Chegando lá, trataram logo de procurar Violet. Eles a encontraram em uma das mesas centrais.

— Como foi a sua primeira noite aqui em Asgard, Erick? — ela perguntou.

— Muito bem. A cama daqui é muito macia, diferente das camas do orfanato onde eu cresci, que pareciam pedras.

O café da manhã de Asgard era pão e geleia. Erick ficou muito surpreso por uma comida normal estar sendo servida ali.

— Então, o que a gente para fazer hoje? — indagou.

— Basicamente as mesmas coisas de ontem, mas temos um tempinho até a hora da aula, então pensei em mostrarmos um pouco de Asgard para você. O que acha? — falou Violet.

— Acho uma boa ideia.

Após terminarem de comer, Violet e Aleifr levaram Erick para uma taberna, onde beberam hidromel e comeram diferentes tipos de pães. Depois, foram para uma praça, lugar em que crianças corriam, brincando, pássaros faziam seus ninhos nas árvores e cantavam uma bela melodia. Erick e os amigos ficaram um tempo assistindo aos estranhos peixes asgardianos, tentando morder alguns patos no lago que ficava na região central da praça. Mais tarde, entraram em uma loja de roupas asgardianas e, por fim, foram assistir a uma peça teatral no centro da cidade, a qual retratava a grande guerra entre Asgard e os gigantes de gelo. Só então foram para a aula, na qual Valquíria explicou sobre uma guerra que aconteceu há muito tempo entre os Aesir e os elfos negros, uma guerra que fez perecer inúmeros deuses. Terminada a aula, comeram novamente. E, em seguida, se dirigiram para o treinamento de batalha. Ao chegarem à entrada da arena, a treinadora Valquíria apareceu voando.

– Hoje, nosso treino será em um lugar diferente: na floresta ao norte. Ao chegarmos lá, eu explicarei melhor o que iremos fazer.

– Que demais! É muito raro quando ela nos leva para treinar em um lugar fora da arena! – comemorou Violet.

Eles caminharam, até que chegaram aos pés de uma montanha, onde Valquíria já os esperava.

– No treino de hoje, vocês serão divididos em sete equipes. Seu objetivo será trazer a minha faca de ouro, que está fincada no topo da montanha!

– Tomara que fiquemos no mesmo time, Erick – desejou Aleifr.

– A primeira equipe será composta por Hakon, Anselma, Aric, Signe, Bjorn e Aleifr – disse a Valquíria.

– Não! – reclamou Aleifr.

– Ah, não! Esse inútil vai estar na minha equipe!? – resmungou Hakon.

– A segunda equipe será composta por Violet, Rolf, Olav, Aloy, Erick e Sven.

Após a treinadora Valquíria separar as outras equipes, os membros de cada uma se reuniram para traçar estratégias. Violet foi escolhida para ser a líder da equipe de Erick. Quando, enfim, todos estavam prontos, Valquíria fez um sinal e os grupos começaram a correr. Erick sentia-se perdido no meio de tanta gente. A essa altura, algumas batalhas haviam começado a ser travadas; alguns já estavam até rolando montanha abaixo. Erick desequilibrou-se e quase caiu quando um escudo passou voando próximo de sua cabeça, mas, felizmente, Violet segurou sua mão e os dois continuaram a subir a montanha juntos. De repente, algumas flechas começaram a passar voando próximo a eles. Violet, então, pegou um escudo perdido e disse para Erick:

— Pegue a faca de ouro!

Violet foi em direção aos arqueiros para lutar. Erick, por sua vez, enquanto corria e desviava de flechas, levou uma pancada de um escudo no rosto e caiu, logo teve que rolar para não ser acertado pelo machado do garoto que o havia derrubado pouco tempo atrás. Levantou-se depressa e desviou de outro golpe, num movimento de sorte. Erick só teve tempo de acertar seu adversário com o cabo de sua espada, o que fez o inimigo cair. Erick continuou correndo e logo chegou até o topo da montanha, porém Hakon já estava lá, arremessando alguém montanha abaixo. Os dois se encararam e Hakon correu na direção de Erick. Nesse momento, Violet apareceu e acertou Hakon com um chute no peito. Desta forma, Erick aproveitou que os dois estavam distraídos, lutando, e pegou a faca, disparando com destino ao pé da montanha. Quando Erick se deu conta, todos agora corriam atrás dele. O garoto tentou ir o mais rápido que pôde, no entanto foi atingido por uma flecha na perna esquerda, caiu e começou a rolar pelo morro. Segundos mais tarde, ele foi parado por um garoto gordo, que arrancou a faca de ouro de sua mão.

O gorducho correu alguns metros, até que foi derrubado por um menino de outra equipe; este então se apressou para tentar chegar até a treinadora Valquíria. Erick, sem saber o que fazer, começou a perseguir o garoto, mesmo sentindo muita dor na perna, que tinha uma flecha fincada na carne. Conseguiu assim alcançar o adversário; agarrou as ombreiras de sua armadura e o puxou, fazendo com que ele caísse no chão. O garoto, apesar de caído, foi capaz de acertar um soco no queixo de Erick, logo em seguida, o acertou novamente, desta vez com o capacete. Com Erick no chão, ele se preparou para dar o golpe da vitória. No último segundo, porém, Olav apareceu e o atingiu na cabeça com um escudo. Olav, então, estendeu a mão e ajudou Erick a se levantar. Ele era um pouco mais alto que Erick, tinha cabelos e olhos castanhos e usava um rabo de cavalo. Entregou a faca de ouro para Erick e disse:

— Corra e não pare por nada! Eu vou segurá-los.

Erick obedeceu Olav e saiu correndo montanha abaixo, enquanto ele ficava para trás para enfrentar toda a equipe de Hakon. Erick estava com dificuldade para andar, por conta da flecha que ele tinha cravada em sua perna esquerda, por isso, ele parou e puxou a flecha de sua perna. Neste momento, ele sentiu a maior dor de sua vida, mas ignorou e continuou descendo a montanha até escutar Hakon o chamando.

— Impuro! — gritou Hakon. — Eu vou te matar!

Erick virou-se e lá estava Hakon, com um corte na testa e um intenso olhar de ódio fixado em Erick. Hakon avançou em direção a Erick, gritando, este, por muita sorte, conseguiu desviar de um ataque que o teria acertado no pescoço. Então, ele tentou golpear Hakon, mas o garoto se abaixou e o acertou com um chute na barriga, fazendo com que Erick caísse no chão e soltasse a faca de ouro. Hakon desferiu diversos golpes enquanto Erick estava no chão, porém ele conseguiu se desviar de todos e, quando surgiu a oportunidade, deu uma rasteira que fez Hakon cair. Erick levantou-se e tomou a faca de ouro de volta. Hakon, por sua vez, desferiu um golpe que teria perfurado o coração de Erick, se ele não tivesse parado a espada de Hakon, utilizando a lâmina de sua própria. O semideus resolveu pôr em prática o que aprendera com Heimdall. Assim, com um movimento calculado, ele arremessou a espada de Hakon longe; agora desarmado, Hakon tentou acertar um soco em Erick, este, no entanto, foi mais rápido e lhe acertou um chute que o derrubou. Imediatamente, Erick começou a correr de novo, só que acabou tropeçando em uma pedra e saiu rolando montanha abaixo, mais uma vez. Ele rolou até parar nos pés da treinadora Valquíria.

– A equipe campeã é a do aprendiz Erick! – gritou Valquíria para todos.

Erick estava feliz por ter ganhado, mas não conseguia pensar muito nisso, pois sentia uma dor insuportável. Ele foi levado para ser curado por Eir. Ao terminar a sessão de cura, Erick desceu ao centro de alimentação dos guerreiros, onde se encontrou com Aleifr e os membros de sua equipe de treino.

– Fico feliz que tenha vencido – disse Aleifr.

– Você foi muito bem também – falou Erick, tentando animar o amigo que estava um pouco triste.

– Não fui. Eu fui um dos primeiros a ser eliminado.

Mais tarde, quando ambos já estavam recuperados, foram se encontrar com Violet na entrada da academia.

– Você lutou como um bravo guerreiro no campo de batalha, Erick – elogiou Violet.

– Não. Foi você quem lutou bem! Eu só corri.

– Venha, eu tenho que mostrar uma coisa para você, Erick – chamou Aleifr.

Os três seguiram até uma porta, dentro da academia; esta possuía um símbolo sobre ela: Ω.

– Bem-vindos ao salão ômega! – apresentou Aleifr com entusiasmo.

— Mas ômega não é um símbolo grego? — questionou Erick.

— Os gregos roubaram os símbolos dos asgardianos há muito tempo — explicou Violet.

— Mas o que viemos fazer aqui? — perguntou Erick.

— Neste lugar, ficam os registros de todas as famílias asgardianas. Talvez possamos encontrar aqui quem são seus pais, Erick.

— Como assim?

— Bem, é que eu ouvi algumas pessoas dizendo que seu pai era um deus Aesir, mas ninguém sabe quem é, então pensei que a resposta poderia estar aqui. Mas só iremos entrar se você quiser, é claro — disse Aleifr.

— Sim, eu quero! Tudo bem.

Após horas procurando por todos os arquivos, eles não encontraram nada que falasse sobre a família de Erick.

— Já estamos aqui há horas e nada. Acho melhor desistirmos — sugeriu Erick.

— Não, não podemos desistir! A gente não olhou em todos os livros — insistiu Aleifr.

— Eu concordo com ele, Aleifr. É melhor desistirmos; já estamos aqui há muito tempo, já deve ter anoitecido — constatou Violet.

— Ah, tá bem — disse Aleifr, frustrado.

Enquanto isso, a um mundo de distância dali, Hela e seu exército de guerreiros mortos-vivos navegavam pelos mares de almas de Helheim, em direção à passagem escondida para Asgard.

— Siga em frente, meu exército! Falta pouco para chegarmos a Asgard e para eu me sentar no trono que é meu por direito.

Hela seguia confiante rumo a Asgard, sabendo que nada a poderia deter.

7

A MORTE CHEGA A ASGARD

No corredor para os dormitórios, Erick e Aleifr depararam-se com Hakon, que os esperava junto a seus amigos. Erick se aproximou de Hakon e disse:

— Você está no meu caminho, saia!

— Se quiser que eu saia, vai ter que me tirar daqui, impuro!

Dois garotos, amigos de Hakon, aproximaram-se de Erick, prontos para a luta. Erick, por sua vez, ficou em posição de batalha, assim como Heimdall o havia ensinado. Antes que eles pudessem dar início à luta, Violet apareceu e acertou os amigos de Hakon com dois socos no estômago, que os derrubaram no chão.

— Se você se meter com meus amigos mais uma vez, vai se ver comigo!

— Não vou permitir que me vençam e saiam limpos — disse Hakon.

— Está avisado! Agora, saia da frente! — ameaçou Violet.

Hakon e seus amigos abriram espaço para Aleifr e Erick passarem. Ambos agradeceram a Violet e seguiram para o dormitório.

— Nos vemos amanhã! — Violet despediu-se.

Os dias se passaram e Erick cada vez mais aprendeu sobre os costumes de Asgard, a lutar nos treinos com Valquíria e nos treinos com Heimdall todas as noites. A vida para Erick estava praticamente perfeita. Mas isso logo iria mudar, pois o grande exército de Hela se aproximava. Felizmente, Heimdall o percebeu e, por essa razão, colocou todo o exército de Asgard em alerta.

Já havia se passado dez dias desde a chegada de Erick a Asgard. Naquele dia, Heimdall planejava contar a ele toda a verdade sobre seu pai. No entanto, antes que ele tivesse a oportunidade de falar, Hela chegou em Asgard.

— Gostaria de falar comigo, Heimdall? — perguntou Valquíria.

— Sim, e é sobre algo muito importante.

— Heimdall, está me assustando. Diga logo!

— Hela chegou!

— Mas não é possível! — disse Valquíria, perplexa. — O que vamos fazer?

— Prepare o exército. E não deixe o jovem Erick sair da academia!

Depressa, Valquíria sobrevoou Asgard à procura de Aleifr e Violet. Os dois estavam em frente ao palácio de Odin. Valquíria pousou ao lado deles e disse:

— Tenho uma missão para vocês.

— Nossa, treinadora! O que foi? Por que está tão nervosa? — perguntou Aleifr.

— Preciso que não deixem Erick sair da academia!

— Mas por quê?

— Não posso falar agora. Só jurem que não irão deixá-lo sair da academia.

— Tudo bem. Não deixaremos, mas o que houve, treinadora? — insistiu Violet.

Valquíria, então, levantou voo e os dois jovens foram correndo para a academia, em busca de Erick. Ele estava no dormitório, lendo um livro que havia pegado na biblioteca. De repente, Aleifr e Violet apareceram correndo na porta do dormitório.

— O que há com vocês? — indagou Erick.

— Olha, pode parecer estranho, mas a treinadora nos deu a missão de não deixar você sair da academia — falou Aleifr.

— Mas por quê?

— Não sabemos, mas a treinadora parecia muito nervosa.

— Saiam da minha frente!

— Me desculpa, Erick, mas não vamos sair — declarou Violet.

— Olha, eu preciso saber o motivo de a Valquíria não querer me deixar sair. Tem muita coisa que não estão me contando e eu tenho que descobrir o que estão escondendo. Pode ser algo sobre o meu pai.

Nesse momento, Aleifr olhou pela janela e viu Valquíria e Heimdall marchando com o exército de Asgard.

— Er... acho que a coisa é mais séria do que pensávamos! — ele disse.

— Por que diz isso? — perguntou Violet.

— Bem, é que a treinadora Valquíria e Heimdall estão guiando o exército de Asgard para a floresta.

— Não é possível! — disse Violet. — Muito bem, Erick, o que quer fazer?

— Vamos atrás deles para descobrir o que está acontecendo e o motivo de quererem que eu fique na academia.

As crianças vestiram suas armaduras e foram em direção ao portão de entrada. Eles se esgueiraram pelas ruas, tentando não chamar muita atenção. O portão estava cercado por guardas.

Com um movimento rápido, Violet puxou Erick e Aleifr para atrás de uma carroça.

— Como iremos passar pelos guardas? — indagou Aleifr.

— Não se preocupem! Eu tenho um plano. Só não garanto que irá funcionar — falou Violet.

Próximo ao portão, havia um cercado de ovelhas de pelagem dourada. Violet se aproximou devagar, sem que nenhum guarda percebesse. Então, empunhou sua espada e cortou a corrente que mantinha o cercado fechado. Como consequência, assim que o cercado se abriu, as ovelhas saíram correndo, descontroladas, em direção ao guardas. Alguns guardas foram pisoteados pelas ovelhas, e os que sobraram, correram para capturar os animais. Aproveitando a distração, Aleifr e Erick se encontraram com Violet no portão e correram para a floresta.

Eles correram, mais ou menos, cem metros, até que pararam para saber se haviam sido seguidos.

— Nossa, conseguimos — constatou Erick.

— Vamos! Temos que correr se quisermos alcançar o exército — disse Violet.

— Arre! Por favor, não podemos parar para descansar um pouco? — reclamou Aleifr.

— Não.

Violet começou a andar e Erick foi atrás dela, enquanto ajudava Aleifr, que estava muito cansado. Já anoitecia quando eles resolveram parar para descansar. O garoto, filho de Tyr, fez uma fogueira e os três se sentaram ao redor dela para se aquecer.

— Podem descansar, se quiserem; eu acordo vocês quando formos continuar — falou a garota, filha de Sif.

— Muito obrigado, eu estava morrendo de cansaço.

Aleifr deitou-se e logo dormiu. Já Erick observava o céu noturno de Asgard, sem nem querer piscar. Sua expressão parecia tão vazia e confusa que provocou curiosidade em Violet.

— No que está pensando? — perguntou a garota.

— Estou tentando imaginar um motivo para que eles quisessem me prender na academia.

— Olha, eu pensei no assunto. Se o exército de Asgard foi reunido, é porque algo sério deve estar acontecendo; então a treinadora deve estar apenas nos protegendo disso.

— Mas se fosse realmente esse o motivo, por que ela iria querer que apenas eu não saísse da academia?

— É, não faz sentido... — disse Violet. — Você não quer dormir?

— Não. Estou sem sono.

Ao olhar para a copa das árvores, Erick percebeu que um corvo o observava. Ao perceber que foi notado, o corvo levantou voo. Algumas horas se passaram, até que um alto som quebrou o silêncio da noite. Erick e Violet ergueram-se depressa e empunharam suas espadas, ficando em posição de batalha.

— O que foi isso? — perguntou Erick.

— Parece ser um urso asgardiano — respondeu Violet.

Mal ela terminou de dizer isso e uma enorme pata a acertou pelas costas, arremessando-a longe. Erick, então, pulou nas costas da fera e desferiu um golpe de espada na região do ombro. O animal se sacudiu e Erick acabou caindo de suas costas. Nesse momento, o enorme urso ficou sobre duas patas e rugiu. Erick não sentia medo como esse desde que fora atacado por Garm, o lobo de gelo zumbi. O urso, sobre duas patas, possuía mais de três metros de altura. Ele se aproximou de Aleifr, que dormia, e começou a cheirá-lo. Aleifr começou a sentir cócegas e acabou acordando. Ao se deparar com o animal, Aleifr só fez uma coisa: gritou até perder a voz.

Quando o urso estava prestes a abocanhar Aleifr, que nem sequer se mexia, Violet apareceu e desferiu um golpe que fez um corte no pescoço do urso. Porém, ainda não era o suficiente para matá-lo.

Erick, sem pensar, pulou nas costas do urso novamente. Desta vez, fincou a sua espada na garganta do animal, fazendo com que a criatura morresse.

— Mas o que aconteceu aqui? — gritou Aleifr, confuso.

— Fomos atacados por um urso asgardiano — respondeu Violet.

— Isso eu já percebi — falou Aleifr, ainda assustado.

Erick estendeu a mão e ajudou o amigo a se levantar. Então, eles decidiram que já estava na hora de continuar a caminhada. Erick e Aleifr foram mais atrás, conversando sobre como Erick fora espetacular na luta contra o urso, enquanto isso, Violet seguia na frente, guiando-os.

Numa fissura nas encostas de uma montanha, do lado oposto de onde os três jovens guerreiros estavam, Hela e seu exército surgiam, atravessando o portal desconhecido que ali existia.

— Ele realmente disse a verdade. De fato, existe uma passagem secreta entre Helheim e Asgard — constatou a deusa da morte.

Hela decidiu dividir um pequeno grupo de seu exército e o designou para a missão de atacar as aldeias de Asgard. Enquanto isso, ela e o restante do exército iriam em busca da arma mais poderosa dos nove reinos.

8

EXÉRCITO DE ASGARD VS. EXÉRCITO DA MORTE

Heimdall guiava o exército pela floresta, montado em seu cavalo. O exército era composto de dez mil guerreiros, sendo três mil arqueiros, dois mil lanceiros e cinco mil espadachins. Não demorou muito, e Heimdall avistou Hela em uma clareira mais à frente.

O exército de Hela era formado por soldados mortos-vivos. Ao se encontrarem, a deusa da morte dirigiu a palavra a Heimdall:

— Heimdall, meu velho amigo! Já faz muito tempo. A propósito, estou chateada por você ter matado o meu querido Garm.

— Fique quieta, Hela! E volte para Helheim enquanto ainda há tempo! — ordenou Heimdall.

— Mas não mesmo! Vou conseguir o Mjölnir e conquistar meu novo reino.

— Só por cima do meu cadáver! — declarou Heimdall.

— Com prazer!

Hela e Heimdall ordenaram que seus exércitos atacassem. Assim que as tropas colidiram, a matança começou. Heimdall desceu de seu cavalo e avançou para cima de Hela, cortando todos os mortos-vivos que estavam no caminho. A deusa da morte, por sua vez, conjurou uma espada de lâmina dupla e perfurou um soldado de Asgard, que tentara atacá-la. Logo em seguida, virou-se para Heimdall. Os dois se atacaram; as lâminas de suas armas se encontraram. Heimdall desferiu um golpe, tentando acertar a cabeça de Hela. A deusa da morte, no entanto, desviou e contra-atacou, perfurando Heimdall no abdômen e depois o acertando na cabeça com um chute, que fez com que ele perdesse os sentidos por um breve momento.

— Nosso combate não será como da última vez. Eu me tornei muito mais poderosa nesse tempo em que fiquei presa em meu próprio reino.

Hela tentou acertar Heimdall enquanto ele estava no chão, mas ele rolou, conseguindo se desviar. Além disso, ele deu um jeito de ferir o braço da adversária, porém a deusa da morte nem pareceu sentir o ferimento. Ela acertou Heimdall com um chute, que o fez parar a metros de distância. As tropas de Asgard começaram a atacá-la, e a deusa foi perfurada no peito pela espada de um soldado. Só que ela logo se virou e decapitou o pobre soldado, ao passo que os demais tentavam matá-la. Com uma agilidade impressionante, ela driblava os ataques como o vento e matava-os como um gigante esmaga insetos. Alguns soldados, mais à frente, correram na direção da deusa. Com a mão esquerda, ela arremessou diversas adagas, que ela própria havia conjurado através de seu dom, e dizimou todos os soldados como se fossem nada.

Mais um dentre os guerreiros tentou atacar Hela. Por conseguinte, ela o perfurou no ombro com uma adaga, porém o manteve vivo.

— Onde está o Mjölnir? — indagou a deusa da morte. — Responda-me e eu lhe darei uma morte rápida e indolor.

— Eu não sei. E, mesmo que soubesse, não contaria nada.

— Então eu lhe darei a minha especialidade: uma morte lenta e dolorosa.

Assim, Hela perfurou a garganta do soldado com uma faca. Valquíria desceu dos céus e a atacou, desferindo um golpe com seu machado. Mas a deusa da morte desviou e acertou um soco que arremessou Valquíria para longe. A guerreira rapidamente se recuperou e voou até Hela, em seguida, a agarrou pelo pescoço e assim a arremessou. Só que deusa da morte caiu de pé e atirou uma adaga que acertou a Valquíria no ombro, causando nela uma dor insuportável. Hela continuou atirando adagas na Valquíria, e esta, felizmente, as rebatia com seu machado. Quando Hela cessou seus ataques, Valquíria arremessou o machado, que acabou perfurando a deusa da morte. Agora, com Hela ferida, a guerreira de Asgard correu até ela e arrancou o machado de seu peito e logo acertou a deusa com uma voadora. Enquanto as duas lutavam, o exército de Asgard só diminuía; ao contrário dos mortos-vivos de Hela, que após serem derrotados, levantavam-se e continuavam lutando.

A deusa da morte fincou sua espada na perna da Valquíria, fazendo com que a guerreira não conseguisse se movimentar direito. Contudo, no momento que Hela iria finalizar Valquíria, Heimdall acertou-a um golpe bem no estômago, obrigando-a assim a recuar um pouco. O exército de Asgard, no entanto, já havia perdido mais da metade dos guerreiros.

— Recuar! — gritou Heimdall.

Todo o exército de Asgard correu em direção à floresta. Heimdall teve que ajudar Valquíria a andar, por conta de seu ferimento na perna. O exército de mortos-vivos havia começado a perseguir os guerreiros asgardianos.

— Esperem! — ordenou Hela. — Eu preciso que me tragam apenas um general, mas vivo.

Os mortos-vivos obedeceram às ordens da deusa e lhe trouxeram um general vivo, que estava escondido em meio às árvores. Hela, então, se aproximou do pobre homem e apontou uma faca para sua garganta.

— Por favor, seja inteligente! Responda-me onde está o martelo de Thor e eu o deixarei viver.

— Eu não sei onde está o martelo — disse o guerreiro, enquanto sofria com a dor de seus ferimentos.

— Mais uma chance! Diga onde está o martelo ou eu irei matar cada asgardiano que existe. E serei ainda mais cruel com as crianças.

— Tudo bem, eu falo! — concordou o soldado. — Ouvi Heimdall dizer que está em um templo, na encosta da maior montanha de Asgard.

Após o soldado contar a localização do Mjölnir, Hela o decapitou com uma espada. Em seguida, ordenou que seu exército se dividisse e atacasse cada aldeia de Asgard, mas que deixasse a capital inteira, para que ela a dominasse.

Erick e seus amigos estavam passando por um campo aberto, cheio de cervos com chifres coloridos como o arco-íris. Decidiram parar próximo a uma cachoeira para descansar.

— Muito bem. Se não me engano, a estrada que leva para a aldeia mais próxima fica ao norte daqui. Talvez possamos parar lá para pedir informação — falou Violet.

— Aldeia? — indagou Erick.

— Sim. Além da capital, Asgard possui algumas aldeias espalhadas — explicou Aleifr.

— Mas antes de continuarmos, me responda uma coisa: todos os cidadãos de Asgard são deuses? — perguntou Erick.

— Não! Os deuses são aqueles que possuem dons, como Odin, Thor, Loki, Eir, Tyr e Sif, por exemplo; mas a maioria dos cidadãos e guerreiros de Asgard são quase seres humanos. Eles foram criados por Bor, pai de Odin, através da madeira. Uma pequena parte são semideuses e filhos de deuses que não possuem dons – explicou Violet. – Mas agora temos que ir! Se pegarmos a estrada, chegaremos à aldeia até o anoitecer.

Dito isso, começaram a caminhar para o norte, buscando chegar à aldeia. Erick percebeu que, entre as árvores, um corvo os seguia, mas ele o ignorou. Logo, chegaram à estrada e a acompanharam. Algumas horas depois, Erick já conseguia enxergar a aldeia no horizonte. Não era tão grandiosa quanto Asgard; possuía uma arquitetura rudimentar, como a dos vikings que ele havia estudado numa aula de História. Havia poucas casas e alguns cercados de animais. A aldeia parecia ficar sobre um penhasco. Ao se aproximarem, eles ouviram gritos vindos de lá; então se apresaram para averiguar o que estava acontecendo.

9

A BATALHA DA ALDEIA NO PENHASCO

Ao se aproximarem, eles se esconderam atrás de uma rocha e espiaram para ver o que ocorria. Os moradores da aldeia corriam de zumbis de armadura; alguns até tentavam lutar, mas acabavam sendo mortos.

— O que são aquelas coisas? — indagou Erick.

— Não sei. Parecem mortos-vivos — disse Aleifr.

— Até aqui tem zumbis?

— Vamos! Temos que ajudar os asgardianos — falou Violet.

Os três empunharam suas espadas e correram em direção à aldeia. Uma menina estava prestes a ser atacada quando Violet cortou o morto-vivo ao meio.

— Você está bem?

A criança acenou com a cabeça.

— Vá para junto de seus pais, agora.

Mais à frente, Aleifr jogou um morto-vivo sobre um monte de barris, enquanto derrubava e cortava outros três. Erick lutava contra quatro. Um deles quase o acertou na cabeça, mas Erick conseguiu ser ágil o bastante para desviar e cortar o braço da criatura. Outro tentou acertá-lo, porém ele usou a lâmina de sua espada para conter o ataque do inimigo; então se abaixou e cortou a perna direita do monstro. Quando ele estava caído no chão, Erick cravou sua espada no crânio do morto-vivo. Violet acabou entrando em uma casa à medida que enfrentava um pequeno grupo de criaturas. Ela correu para trás de uma mesa e a chutou para cima de um morto-vivo, fazendo com que ele e a mesa fossem arremessados para fora da casa. A garota se desviou da espada de um dos zumbis e enfiou a espada em seu estômago. Ao mesmo tempo que o morto-vivo, que havia sido perfurado no estômago, caía no chão, dois outros vieram para cima de Violet. A pequena guerreira pegou um impulso na parede e se arremessou sobre um dos mortos, atravessando seu crânio com a espada. No entanto, nesse momento de distração, o último morto-vivo do local a acertou; mas, felizmente, ela foi rápida o bastante para desviar, fincando a espada no crânio do monstro.

Do lado de fora, um morto-vivo arremessou Aleifr contra uma parede, despedaçando-a. O garoto havia ficado tonto e caído no chão, quase não conseguindo se mover por conta da dor. Aproveitando-se da situação, um morto-vivo se preparou para finalizar Aleifr. Nesse momento, o garoto ruivo, no chão, implorava em seus pensamentos para que alguém viesse resgatá-lo, ao passo que o morto-vivo movia a espada em direção ao seu peito. De longe, Violet havia percebido a situação do amigo e correu para ajudá-lo, mas Aleifr, em um movimento rápido e decisivo, conseguiu desviar a espada do zumbi e, em seguida, cortou-lhe a mão. Ao se levantar, Aleifr usou a espada para atravessar a garganta do monstro. Então, Erick apareceu e derrubou os outros mortos-vivos, que ainda restavam. Após derrotarem todas as criaturas, os três se reuniram; estavam muito cansados.

— Todos estão bem? — perguntou Erick.

— Na medida do possível — respondeu Aleifr.

Os três comemoraram a vitória. Então perceberam um movimento estranho próximo a eles. O corpo do morto-vivo, cuja cabeça Aleifr havia cortado pouco tempo atrás, estava se levantando. O corpo pegou a cabeça e a colocou no lugar. Foi nesse momento que os amigos se deram conta de que todos os outros mortos-vivos estavam se levantando e se consertando.

— E agora, o que faremos? — indagou Violet, desesperada.

— Agora, a gente corre — respondeu Erick.

Assim fizeram, correram. Mas os mortos-vivos começaram a persegui-los. Os três usaram um monte de feno como escada para subir no telhado de uma das casas. Só que os mortos-vivos escalavam a casa com a maior facilidade que Erick já vira. Não havia o que eles pudessem fazer a não ser derrubar as criaturas com a ajuda de chutes e espadas todas as vezes que elas conseguiam chegar ao telhado.

— Não podemos ficar fazendo isso para sempre — gritou Violet.

Erick observou em volta para ver se encontrava algo que pudessem usar. Foi quando olhou para o penhasco que ele teve uma ideia.

— Vamos jogá-los do penhasco — falou.

— Certo — os outros concordaram.

Os três saltaram do telhado e correram em direção ao penhasco. Ao chegarem à beira do precipício, Erick olhou para baixo e viu que o penhasco deveria ter uns trezentos metros de altura e, abaixo dele, havia um belo mar. Eles se posicionaram de costas para a beira e se prepararam. Quando os três primeiros mortos-vivos vieram correndo na direção deles, as crianças desviaram e as criaturas caíram do penhasco. No meio disso tudo, Erick quase foi acertado por um dos zumbis, mas, felizmente, conseguiu se esquivar e empurrá-lo penedo abaixo. Logo após, começaram a lutar com os mortos-vivos e continuar a jogá-los para o penhasco.

Erick derrubou o que ele acreditava ser o último da horda, entretanto, sem que ele percebesse, um morto-vivo que havia sobrado o agarrou e se jogou do precipício, levando Erick junto.

— Erick! — gritou Violet.

Violet ajoelhou-se no chão e começou a chorar. Aleifr não conseguia se expressar, nem mesmo chorar ou gritar; ele só pôde ficar paralisado.

— O que fizemos, Violet!? — lamentou Aleifr, quase sussurrando.

— Não deveríamos ter deixado que ele saísse da academia. Deveríamos ter obedecido à treinadora Valquíria!

Uma onda de tristeza cobriu o lugar. Os moradores da vila, que estiveram escondidos, saíram de seus esconderijos. Nem mesmo eles emitiam som, apenas observavam. Até que, de repente, a onda de silêncio foi quebrada por um grito vindo do penhasco:

— Eu estou bem.

— Erick? — perguntou Violet, surpresa; sem acreditar no que ouvia.

De repente, Erick surgiu, escalando a beira do precipício. Aleifr rapidamente foi ajudá-lo a subir. Violet se aproximou de Erick e lhe acertou um tapa no rosto, abraçando-o logo depois.

— Que susto você nos deu! — exaltou-se a garota.

Os habitantes daquela aldeia se aproximaram deles, agradecendo.

— Por favor, passem esta noite na nossa aldeia, para que possamos curá-los como forma de agradecimento — disse um dos aldeões.

— Vai ter comida? — perguntou Aleifr.

— Sim. Vamos assar o maior javali que encontrarmos e faremos uma festa em sua homenagem, bravos guerreiros.

— Qual é o seu nome, senhor? — indagou Erick.

— Me chamo Agni.

— Nós agradecemos, Agni.

Mais tarde, após os três tomarem um banho, os aldeões e eles se reuniram em volta de uma fogueira, enquanto uma grande bandeja de carne de javali era servida. Aleifr empanturrava-se de carne, ao passo que Erick conversava com Agni.

— Com o que o senhor trabalha?

— Eu vendo vegetais e animais para a capital e outras aldeias.

— Mas por que o senhor não mora na capital?

— A vida lá não é para mim. O meu negócio é o interior, assim como o de todos que moram aqui. Mas meu filho vive lá.

— E o que ele faz?

— Ele vende tecidos.

Violet estava sentada num canto, sozinha, quando a menina que ela havia salvado mais cedo se aproximou e disse:

— Seu cabelo é muito bonito.

— Ah, obrigada! Qual é o seu nome?

— Me chamo Alfsigr.

— Nossa, que nome lindo! Eu me chamo Violet. Quantos anos você tem?

— Tenho sete anos.

As duas continuaram conversando por mais um tempo. Erick e Agni também. Erick aproveitou a oportunidade para perguntar:

— Você, por acaso, não viu o exército de Asgard passando aqui por perto?

— Não, me desculpa. Mas eu ouvi boatos de que o exército foi avistado a oeste daqui.

Com essa informação, Erick reuniu-se com Aleifr e Violet para conversarem sobre a viagem.

— Agni me disse que há boatos de que o exército de Asgard foi visto a oeste daqui.

— Então amanhã cedo vamos partir para o oeste — declarou Aleifr.

Violet segurava seu braço, incomodada. Erick percebeu e perguntou:

— Está bem?

— Sim, só está doendo um pouco por causa de uma pancada que eu levei de um morto-vivo.

— Você deveria ficar por aqui e descansar. Aleifr e eu damos conta de continuar a viagem.

— Não! Sou uma guerreira, não vou desistir só por causa de uma dor.

— O engraçado é que eu fui arremessado contra uma parede, mas vocês não se preocupam se eu estou bem para continuar a viagem — protestou Aleifr.

— O que será que eram aquelas coisas?

— Não sei — respondeu Violet.

Após algum tempo, as festividades cessaram e todos foram dormir. Aleifr e Erick se hospedaram na casa de Agni, enquanto Violet foi ficar na casa de Alfsigr.

10

O TEMPLO DO TROVÃO

Após algum tempo, Hela, a deusa da morte, chegou à montanha mais alta de Asgard. Aos pés da montanha havia uma entrada de pedra.

— Finalmente o templo do Mjölnir! Logo terei o poder supremo para subjugar todos os nove reinos aos meus pés e matar Odin.

Heimdall havia seguido Hela depois da batalha. O deus se escondera entre as árvores e esperou que ela entrasse no templo para ir atrás dela.

Enquanto isso, a algumas centenas de metros dali, Erick, Aleifr e Violet vagavam à procura da localização do exército de Asgard, para descobrir o que estava acontecendo. Eles resolveram parar para descansar. Erick foi tomar água num rio que havia ali perto. Ele chegou à margem, abaixou-se e pegou a água com as mãos, levando-a à boca. Quando terminou de matar a sede, ele ouviu um barulho vindo das árvores. Ao olhar para a copa das árvores, avistou o corvo novamente.

— Sigam-me! — uma voz disse dentro da cabeça de Erick.

O garoto olhou em volta, mas não havia ninguém. Ele ouviu a voz novamente e perguntou:

— Quem está aí?

Ninguém respondeu. Então, algo veio à sua mente; ele notou que quem falava dentro de sua cabeça era o corvo.

— O que você quer? — Erick perguntou para o pássaro, que o observava fixamente.

O pássaro, então, saiu voando e Erick correu atrás dele. Ao passar correndo por Aleifr e Violet, ele gritou:

— Sigam aquele corvo!

Sem entender nada, os dois fizeram o que o amigo pediu. Agora, os três corriam atrás do corvo, que voava alto e numa velocidade absurda.

— Por que estamos perseguindo aquele corvo? — indagou Violet, enquanto corria.

— Ele falou dentro da minha cabeça; acho que quer nos levar a algum lugar — respondeu Erick.

Eles correram por alguns minutos, até que cansaram e pararam. O corvo, ao perceber que não estava mais sendo seguido, voltou, pousou em uma árvore próximo a eles e começou a grasnar.

— Vamos! Temos que continuar — disse Erick.

— Por favor, nos dê cinco minutos para descansar pelo menos — pediu Aleifr.

— Não! Temos que continuar! Parece ser algo importante — insistiu Erick, enquanto corvo grasnava desesperadamente.

— Não acredito que estamos sendo guiados por um corvo! Ele é só um pássaro burro — falou Violet, tornando a se preparar para correr.

O corvo voou novamente e os três prosseguiram com a corrida para alcançá-lo. Após algum tempo correndo, chegaram perto de uma montanha, a qual possuía uma entrada, que Aleifr pôde avistar mais à frente.

— Acho que era aquilo que o corvo queria nos mostrar — concluiu Aleifr.

O corvo tinha desaparecido, mas os amigos nem repararam nisso, pois estavam tentando decifrar o que haveria de tão importante naquele lugar.

— Vamos entrar? — indagou Violet.

— O quê? Você quer entrar em um lugar esquisito que um corvo mostrou para você? — questionou Aleifr, indignado. — Erick, por favor, diga que não vamos entrar!

— Vamos entrar. Talvez isso tenha algo a ver com aqueles mortos-vivos e com o motivo por trás de a Valquíria querer me prender na academia — argumentou ele.

Então, eles foram em direção à entrada do lugar misterioso. Ao entrarem, viram-se em um corredor de pedras, que era iluminado por tochas. Andaram mais um pouco e encontraram uma escada que dava para baixo. Ao descer, constataram que o local ficou ainda mais escuro; a pouca luz que ali existia vinha das tochas.

— Que lugar é esse?! — indagou Aleifr, perplexo.

— É assustador! — falou Erick.

Nas paredes havia algumas inscrições e símbolos esquisitos. Violet começou a decifrar algumas dessas inscrições.

— Aqui diz "TEMPLO DO TROVÃO".

— Teria algo a ver com Thor? — perguntou Aleifr.

— Talvez — ela respondeu.

— Como assim, "algo a ver com Thor"? — inquiriu Erick.

— Thor foi morto há mais ou menos treze anos por um soldado de Asgard traidor, que possuía uma espada enxercada de veneno de basilisco. Após sua morte, Odin escondeu em um templo secreto

— Nossa, mas como me reconheceu? Já se passou tanto tempo desde a última vez que nos vimos! Eu mal me lembrava de como era a sua aparência.

— Uma mãe sempre reconhece sua filha! Agora, por favor, me abrace e fique comigo!

Violet se aproximou da mãe para abraçá-la. Nesse momento, Erick conseguiu encontrar a amiga e viu que Violet estava em frente à uma criatura medonha, prestes a abraçá-la.

— Não, Violet! Afaste-se! Não é real.

Ao ouvir a voz de Erick, Violet virou-se para ele, sem entender direito o que estava acontecendo. Ao virar de volta para Sif, sua suposta mãe já não se encontrava mais lá, o que estava em seu lugar agora era a criatura esquelética, cujo rosto horrendo de caveira localizava-se bem próximo do rosto de Violet. De repente, a criatura gritou e se transformou em névoa. Erick aproximou-se, colocou as mãos nos ombros de Violet e perguntou:

— Você está bem?

— Sim... Ou talvez não — respondeu ela, assustada.

— Rápido! Temos que ir ajudar o Aleifr — urgiu Erick.

Aleifr e seu pai sentaram-se encostados à parede do corredor onde estavam. Aleifr então percebeu a ausência da mão direita de Tyr.

— Quer dizer que você perdeu mesmo sua mão direita!? — falou Aleifr.

— Sim, eu tive que deixar que o maldito lobo Fenrir a comesse para ficar distraído, enquanto os outros deuses o acorrentavam.

— Eu conheço a história. Sempre quis ser um guerreiro corajoso e poderoso como você.

— Mas você já é esse guerreiro. Você é muito melhor do que eu.

— Mas, pai, achei que você tivesse sido morto na última guerra contra os gigantes de gelo.

— Não, eu não morri. Isso é apenas uma história que inventaram. Na verdade, foi dada a mim a missão de ficar aqui e proteger aquilo que está escondido neste lugar — explicou Tyr.

— Nossa... e esse tempo todo eu realmente achei que você estivesse morto!

— Não estou, meu filho. E, agora que me encontrou, nós poderemos ficar lado a lado por toda a eternidade.

Erick e Violet encontraram Aleifr sentado no chão ao lado da criatura fantasmagórica. Os dois correram em direção ao amigo, dizendo:

— Aleifr, seja lá o que esteja vendo, não é real!

Aleifr olhou para os amigos. Segundos depois, ao olhar de volta para Tyr, deparou-se com um rosto esquelético o encarando. Com o susto, ele rapidamente se levantou e se juntou aos outros. A criatura, então, se ergueu e se transformou em névoa, enquanto gritava.

— O que era aquilo? — Aleifr perguntou, aturdido.

— Aquilo é conhecido como assombração do passado. São espectros que nascem do luto de crianças que perderam entes queridos próximos. Eles fazem as suas vítimas enxergarem alguém importante de seu passado e a hipnotizam, enquanto devoram sua energia vital. O único jeito de derrotá-los é quebrando a ilusão — contou Violet.

— Mas o que essas coisas estão fazendo aqui? — indagou Erick.

— Provavelmente foram colocadas aqui para proteger o que está escondido neste templo — supôs Violet.

— Muito bem. Temos que continuar. Mas, desta vez, juntos — disse Erick.

Violet e Aleifr concordaram e os três continuaram com a busca pelo fim do labirinto.

12

A CAVERNA DOS MIL MONSTROS

Hela, a deusa da morte, seguia pelo labirinto em busca do Mjölnir, o martelo de Thor. Ela estava andando havia horas e já perdia a paciência. Não via a hora de poder trazer caos a Asgard e sentar-se no trono que pertencera a Odin e Thor.

— Maldito Odin, por ter construído este lugar réprobo! Mas não importa. É só questão de tempo para que eu domine Asgard; logo verei as expressões de terror, dor e medo nos cidadãos asgardianos — falou Hela, enquanto caminhava, observando os símbolos que havia nas paredes do labirinto.

A deusa da morte andava tranquilamente pelos corredores escuros do labirinto quando, de repente, sentiu que algo a seguia. Por essa razão, ela criou uma espada através de seu dom e se virou, porém não havia ninguém. Sentiu um calafrio, seguido por uma voz espectral e fantasmagórica.

— Quem está aí? Apareça para que eu possa matá-lo! — ameaçou Hela, ao mesmo tempo que empunhava sua espada negra e se virava para tentar encontrar a origem da voz.

— Ora, mas para que isso!? Nós já nos conhecemos, deusa da morte — afirmou a voz misteriosa, que cada vez mais se tornava fria e assustadora.

Da escuridão profunda e penetrante dos corredores do labirinto, surgiu uma figura vestida com um manto negro e um capuz. Hela o reconheceu como sendo o homem que lhe mostrara a localização da passagem secreta para Asgard.

— Como chegou aqui? — perguntou Hela.

— Eu não estou aqui de fato. Na verdade, você nunca me viu pessoalmente. Meu corpo físico está preso; isto que você vê é só uma ilusão — disse o homem de capuz. — Estou aqui para lhe avisar que o garoto está próximo.

— Quer dizer que ele realmente vai tentar me deter!? Bem, ele que venha! Eu sou a deusa da morte; não irei ser derrotada por um semideus — falou Hela, confiante de sua força.

— Mas lembre-se, ele só está aqui por incompetência sua! — afirmou a figura de capuz, enquanto apontava para Hela. — Você falhou em matar o garoto quando teve a oportunidade.

— Heimdall o salvou; não havia nada que eu pudesse fazer — declarou Hela em um tom raivoso. — Agora, responda-me! Por que você está tão interessado na ruína de Asgard? O que eles realmente fizeram com você?

— Eles me arruinaram, rebaixaram-me, transformaram-me em nada e me prenderam num lugar onde sofrerei por toda a eternidade. A única coisa que eu quero é que a justiça seja feita.

— Entendo. E por isso você me procurou? Porque sabia que nós tínhamos uma história e objetivos parecidos?

— Sim. Agora, vá! Destrua Asgard por mim! — ordenou o homem do capuz, enquanto desaparecia.

Agora, Hela se encontrava sozinha. Prosseguia pelos corredores do labirinto para encontrar o Mjölnir.

Erick, Violet e Aleifr seguiam juntos pelo labirinto. Eles estavam andando por, pelo menos, duas horas. A fome e o cansaço já os atormentavam.

— Ah, será que esse lugar não vai acabar nunca? — indagou Aleifr; sua barriga roncando de fome.

Violet reparou que Erick estava agindo de forma estranha desde o contato com as assombrações do passado. Ele mal falou esse tempo todo. Parecia distante e ignorava completamente os amigos. Seu rosto tinha uma expressão de fúria, como se ele fosse ser capaz de matar alguém a qualquer momento.

— Erick, você está bem? — perguntou Violet, preocupada. — Está estranho desde que encontramos as assombrações.

Erick fingiu não ter ouvido o que Violet disse, mas, alguns segundos depois, resolveu responder:

— Não, não estou.

— Quem aqueles fantasmas te fizeram enxergar? — indagou ela.

— Eles me fizeram ver a minha mãe.

— E o que tem de mais nisso? — indagou Aleifr, que se encontrava mais atrás. — Eles me fizeram ver meu pai, e Violet, a mãe dela, mas não estamos tão abalados quanto você.

— É, mas seus pais não te abandonaram na porta de um orfanato quando ainda era um recém-nascido.

— Ah, me desculpe! — pediu Aleifr, arrependido pelo que disse.

— Certo. Agora, vamos parar de falar besteira e continuar andando — sugeriu Violet.

Os três amigos caminharam por mais alguns metros, até que chegaram a um corredor ainda mais escuro que o normal.

— Por que esse lugar é tão escuro? — perguntou Aleifr.

— Vamos entrar — falou Violet.

— Tem certeza disso, Violet? — indagou Erick.

— Não sejam covardes! Já vencemos as assombrações do passado. O que pode haver de pior por aqui? — especulou ela.

— Não é questão de covardia, mas sim de sobrevivência! Eu quero continuar vivo para poder saborear todas as refeições que ainda não comi — falou Aleifr.

Mesmo com o comentário de Aleifr, os três começaram a andar em direção à escuridão que parecia não ter fim. De repente, o chão começou a rachar sob os pés de Erick.

— Andem devagar! — alertou ele. — O chão está caindo e não parece ter nada abaixo.

Moveram-se o mais devagar que puderam, mas, acidentalmente, Aleifr se desequilibrou e caiu. O chão do corredor, então, começou a rachar por inteiro. Erick e Violet logo foram ajudar Aleifr a se levantar e os três começaram a correr, enquanto o chão abaixo deles desmoronava. Eles corriam para não cair no enorme vazio que havia embaixo de seus pés. Quando estavam quase chegando a uma parte segura do solo, o chão sob eles quebrou-se totalmente e os três caíram em um enorme abismo.

Eles já estavam caindo havia uns dois minutos quando Erick perguntou:

— A gente não vai parar de cair nunca?

Depois de mais três minutos, os amigos caíram em um lago subterrâneo. Eles logo nadaram para chegar à margem. Violet foi a primeira a perceber que eles estavam em uma enorme caverna.

— E agora, como vamos voltar? — indagou Erick. — O lugar de onde caímos é muito alto; não dá para escalar as paredes da caverna.

A caverna onde eles se encontravam era uma enorme cúpula de pedra. Havia diversas rochas amontoadas no chão. No centro havia uma enorme fenda, tão grande que cortava a caverna de uma ponta a outra. No fundo da fenda achava-se um rio subterrâneo. O lugar era iluminado por enormes cristais brilhantes, localizados no teto, a centenas de metros acima dos três amigos.

— Vejam! Há uma ponte de pedra ligando este lado da fenda ao outro — comentou Aleifr.

— Do outro lado da fenda tem um túnel; talvez ele nos leve para uma saída — observou Erick.

— É verdade, mas não sei se é seguro atravessarmos — contrapôs Violet.

— Mas precisamos tentar, senão vamos ficar presos aqui para sempre! — falou Erick, enquanto caminhava em direção à ponte.

Aleifr e Violet o seguiram. A ponte de pedra era muito estreita; Erick quase caiu quando se desequilibrou.

— Cuidado! A queda é muito alta — avisou ele.

Mas, de repente, enquanto os três estavam sobre a ponte, esta começou a se quebrar. Em questão de segundos, eles pularam de volta para o lado da fenda de onde caíram. Erick, por já estar mais distante, não conseguiu chegar ao chão; ele iria cair no rio a centenas de metros abaixo dele. O garoto tentou se agarrar às beiradas do precipício, mas não conseguiu alcançar a tempo. Aleifr, por sua vez, que tinha conseguido fazer o salto rápido, segurou a mão do amigo em queda e então o puxou para cima.

— Nossa, você é muito pesado! O que andou comendo? — disse Aleifr, puxando o amigo.

Após Erick estar seguro novamente, Violet perguntou:

— O que faremos agora? Estamos presos.

— Bem, pior que isso não pode ficar — falou Aleifr.

De repente, risadas ecoaram pelas paredes da caverna. Os três amigos se juntaram e começaram a olhar em volta, para tentar ver quem era o dono daquelas risadas.

— Quem está aí? — indagou Erick, enquanto empunhava sua espada.

Estranhas criaturas começaram a surgir de dentro de buracos e de trás de rochas. As criaturas eram homenzinhos verdes, com menos de um metro de altura; possuíam dentes afiados e orelhas pontiagudas. Estavam rastejando em direção a Erick e seus amigos. Havia pelo menos mil desses seres em toda a caverna.

— O que são essas coisas? — Erick perguntou, assustado.

— Essas coisas são goblins, seres selvagens e cruéis. Não deixem que te mordam, pois se morderem, não vão mais soltar até que esteja morto — alertou Violet.

Um goblin aproximou-se deles; este possuía um nariz enorme e grandes olhos amarelos.

— Nós, goblins; vocês, comida de goblin — falou a pequena criatura assustadora e verde, enquanto gargalhava.

— Não somos comida de ninguém! — declarou Aleifr.

— Não, vocês, comida de goblin. Goblin comer sua carne e roer seus ossos.

— Mas que criatura mais convencida! — falou Aleifr.

— Corram, agora! — ordenou Violet.

E foi o que os três fizeram. Assim que eles correram, aquele enorme grupo de goblins começou a persegui-los. Era como se uma infinita enxurrada verde viesse em sua direção. Uma criatura pulou sobre as costas de Violet e a derrubou no chão; estava prestes a morder a cabeça da garota quando Erick acertou o ser com a espada, cortando-a ao meio. Sangue verde esguichou por todos os lados. Erick e Violet voltaram a correr, enquanto a onda de Goblins vinha em sua direção.

— Vamos subir aqui — sugeriu Aleifr, apontando para uma grande rocha.

Os três amigos começaram a escalar a rocha, só que, no meio da escalada, um Goblin saltou e mordeu o pé de Erick. O garoto gritou de dor, ao mesmo tempo que chutava o rosto da criatura verde para derrubá-la. O Goblin finalmente soltou o pé de Erick quando levou um chute bem na testa. O jovem semideus, por sua vez, continuou a escalar, mas agora com dificuldade por conta do ferimento que a coisa verde lhe causara. Ao chegarem ao topo da grande rocha, eles perceberam que os monstrinhos também a estavam escalando. Quando o primeiro Goblin chegou perto do topo, Aleifr o acertou com um chute, fazendo com que o monstro verde despencasse. Os três continuaram correndo, exceto quando davam espadadas nos bichos verdes.

— O que faremos? Não vamos aguentar por muito tempo — observou Violet.

Aleifr olhou para o lado e viu diversas estalactites em fileira; isso o fez bolar um plano.

— Eu tenho uma ideia, mas não sei se é muito boa.

— Fale logo! Qualquer coisa é bem-vinda nesse momento — disse Erick, exaltado.

— Está vendo aquelas estalactites? Podemos usá-las para sairmos daqui.

— Entendi o que quer fazer — falou Violet.

— Então, no três nós pulamos, mas vamos um de cada vez — recomendou Erick, enquanto chutava o nariz de um Goblin.

— Um, dois, TRÊS!

O primeiro a pular foi Aleifr. Ele saltou e agarrou-se na estalactite mais próxima, porém escorregou e quase caiu. Para se salvar, ele cravou as unhas na pedra e se segurou.

— Agora, pule para a próxima estalactite — Violet disse para Aleifr.

Aleifr, com dificuldade, deu a volta na estalactite, agarrando-se a ela com todas as forças. Rapidamente pegou impulso com as pernas e saltou para a próxima formação rochosa pontiaguda.

— Agora é a sua vez, Violet — disse Erick.

Violet então pulou na primeira estalactite e logo começou a saltar para as outras. Erick fechou os olhos, respirou fundo e saltou também, escapando por pouco de um goblin que iria agarrá-lo. Ele segurou-se na primeira estalactite, mas havia ainda mais umas trinta para que ele chegasse ao outro lado. Nesse momento, ele percebeu que os Goblins que haviam escalado a rocha estavam agora se preparando para pular nas estalactites, onde ele se encontrava pendurado. Erick apressou-se a saltar pelas estalactites, mas as criaturas já estavam atrás dele. Na metade do caminho, a estalactite na qual Erick iria pular se quebrou e caiu em direção à fenda. O garoto agora estava muito distante da próxima estalactite e não poderia voltar, pois os Goblins se aproximavam. Sem saída, Erick então rodou pela estalactite em que estava e ficou ao lado da qual ele teria que saltar; Violet e Aleifr já o esperavam do outro lado da caverna, em frente ao túnel que poderia ser a saída. Erick então forçou seus pés na rocha, para pegar impulso, e pulou em direção à próxima estalactite, que estava muito distante. Por muito pouco, ele conseguiu se segurar. Já os Goblins, ao saltarem para tentar pegá-lo, não conseguiram alcançar a estalactite onde o garoto se encontrava; todos caíram no rio que passava no fundo da fenda.

Erick chegou onde seus amigos o esperavam e se sentou para descansar.

– Aquilo foi incrível, Erick! O jeito como você pegou impulso e pulou – falou Aleifr, admirado.

– Não podemos ficar aqui de conversa fiada, temos que seguir o túnel! – interrompeu Violet.

Assim, os três adentraram o túnel escuro, contando apenas com a sorte de que iriam conseguir encontrar a saída.

13

O ENIGMA QUE VALE VIDAS

Ao adentrarem ainda mais no túnel, cada vez menos eles enxergavam. O lugar era um tremendo breu. As paredes de pedra eram úmidas e frias; provavelmente havia um rio subterrâneo do outro lado delas. Eles já andavam há alguns minutos no escuro profundo, quando Erick sentiu algo em suas pernas.

— Meu Deus! Tem alguma coisa na minha perna! — disse ele.

— O que é? — perguntou Aleifr.

— Não sei, está escuro.

Violet então pegou a coisa que estava na perna de Erick.

— Não se preocupe, é só uma aranha asgardiana; a mais venenosa dos nove reinos — falou a garota.

Ao ouvir aquelas palavras, Erick, desesperou-se.

— Tira esse bicho de perto de mim!

— Mas para que tanto desespero? — perguntou Violet. — É só uma aranha pequena.

— Você mesma disse que é a mais venenosa dos nove reinos. Além disso, eu tenho fobia de aranhas — respondeu ele.

— É sério? — indagou Aleifr.

— É, eu tenho muito medo de aranhas!

Violet, achando aquela situação toda ridícula, jogou a aranha longe. Os três voltaram a caminhar para encontrar o fim do túnel, só que Erick, de repente, escutou uma voz em sua cabeça, dizendo:

— Você não conseguirá escapar! Se a deusa da morte não o matar, eu o matarei.

Logo em seguida, ele viu a imagem de alguém que utilizava um capuz e sobretudo escuros. Erick tentou notar quem era a pessoa, mas não conseguia enxergar seu rosto. De repente, o garoto voltou a enxergar a escuridão do túnel e caiu tonto no chão.

— Erick está bem? — perguntou Violet, ajudando-o a se levantar.

— Sim, estou. Só fiquei tonto por um momento.

— Deve ser por causa daquela aranha — supôs Aleifr.

— É, talvez — concordou Erick.

Após Erick se recuperar, eles seguiram caminho, até que, segundos mais tarde, uma luz pôde ser vista no fim do túnel.

— Vejam! Uma luz — disse Aleifr.

— Deve ser a saída — concluiu Erick.

Ao chegarem até a luz, eles saíram do túnel. Agora se encontravam em uma pequena sala, com paredes de pedras brancas e nenhuma saída. Por sorte, havia uma luminária no teto. A sala estaria vazia se não fosse por uma esfinge de pedra, que se achava no centro.

— Ótimo! Esse lugar não tem saída — trovejou Violet, irritada.

— Mas o que essa esfinge está fazendo aqui? Essa coisa não é dos egípcios? — indagou Erick.

— Não tenho uma resposta para isso — confessou Violet.

Aleifr aproximou-se da esfinge e começou a observá-la de perto.

— Que estátua curiosa! — dizia ele, enquanto tocava o nariz da esfinge.

A boca da esfinge se abriu, e Aleifr se afastou, indo para perto de seus amigos. De dentro da boca, uma névoa branca começou a sair. A névoa espalhou-se em frente aos três amigos, até que assumiu a forma de uma mulher. E ela disse para os três:

— Eu sou a esfinge. Se quiserem passar por esta sala, terão que responder corretamente a um enigma.

— Eu entendi! — exclamou Violet.

Erick e Aleifr olharam para ela, confusos.

— Este lugar inteiro é uma grande armadilha. Tudo aqui ainda faz parte do templo do trovão: a caverna, os goblins, esta sala, a esfinge...

— Podem prestar atenção no que eu estou dizendo!? — reclamou a esfinge.

— Você estava falando algo sobre uma charada, não é? — perguntou Erick.

— Sim. Para passarem por esta sala, terão que responder corretamente a um enigma; senão eu devoro vocês.

— E agora? Eu não sou nem um pouco bom com enigmas — reclamou Erick.

— Rápido! Escolham alguém para responder ao meu enigma! Estou ficando impaciente — exigiu a esfinge.

Erick e Aleifr se olharam. Eles pareciam estar bem nervosos com aquela situação. Logo em seguida, os dois olharam para Violet, como se perguntassem se ela tinha algum plano. Ela, por sua vez, aproximou-se da esfinge e disse:

— Eu vou responder ao seu enigma.

Erick e Aleifr, perplexos, perguntaram:

— Tem certeza disso, Violet?

— Sim — respondeu a garota, confiante.

— Pois bem — disse a mulher feita de névoa. — Irei fazer a pergunta.

— Faça logo! — ordenou Violet.

— Eu nunca fui e sempre poderei ser; ninguém jamais me viu ou verá, mas sou a esperança de todos os que vivem e respiram. Quem sou eu? Tem cinco minutos para me dar a resposta.

Enquanto Violet pensava, Erick e Aleifr ficaram atrás dela, dando apoio moral. Dois minutos se passaram, e Violet ainda não tinha conseguido encontrar a resposta. Até que...

— Eu já sei! Você é o amanhã! — respondeu a garota.

— Mas como é possível? Não era para você ter acertado! — reclamou a esfinge, enfurecida.

— Deixe-nos passar, agora! — ordenou Aleifr.

— Não! Este enigma não significou nada. Irei fazer outro — disse a mulher de névoa, com ódio.

— Mas não foi esse o trato! Você tem que nos deixar passar; ela respondeu corretamente — protestou Erick.

Violet virou-se para o garoto com um olhar confiante e disse:

— Deixe que faça outro enigma.

A esfinge lhe lançou um olhar maligno, que deixou Violet um pouco amedrontada. Erick e Aleifr, dessa vez, ficaram ainda mais próximos de Violet, para tentar deixar a amiga mais confortável.

— O que começa e não tem fim e termina tudo o que começa? — perguntou a esfinge. — Desta vez irei deixar que seus companheiros ajudem você a pensar. Vocês têm cinco minutos. Apressem-se!

Assim, os três amigos se reuniram e começaram a pensar na possível resposta. Passou-se um minuto, depois dois e três, e eles ainda não tinham conseguido resolver o enigma da esfinge.

— Isso não faz sentido. Acho que estamos sendo enganados — disse Aleifr.

— Talvez não exista uma resposta para esse enigma. Isso pode ser apenas um truque para nos enganar — supôs Erick.

Violet parecia não ouvir o que os dois diziam; ela estava concentrada demais em descobrir a resposta.

— Faltam dez segundos — anunciou a esfinge e, então, começou a fazer uma contagem regressiva.

— Não, por favor, nos dê mais tempo! Só mais alguns minutos — implorou Erick.

— Seis. — A esfinge continuava a contagem regressiva.

Toda aquela pressão sobre as costas de Violet estava enlouquecendo-a. Aleifr empunhou sua espada e desferiu um golpe contra a mulher de névoa, mas a espada só a atravessou.

— Três, dois...

— A resposta é a morte — disse Violet.

— O quê? — indagou a esfinge, perplexa. — Não! Como você consegue?

— Ora, é bem simples: a morte começa, mas não tem fim, e ela também leva tudo o que começa — explicou a garota.

— Agora, nos deixe passar! — ordenou Erick, enquanto apontava a espada na direção da esfinge.

A mulher de névoa então se desmanchou. Assim, toda a névoa entrou novamente dentro da boca da esfinge de pedra. Aleifr já comemorava por terem saído vivos, porém, de repente, os olhos da estátua brilharam em verde, e ela ganhou vida e começou a se mover. A esfinge de pedra saltou sobre Erick, prendendo-o contra a parede. Ela abriu a boca para mordê-lo. Um hálito com cheiro de mofo saiu de sua boca, que possuía dentes afiados como os de um leão. Aleifr, num impulso, jogou-se contra a esfinge, fazendo-a rolar pelo chão junto a ele, salvando assim o amigo.

A esfinge levantou-se ao mesmo tempo que Aleifr e o acertou com um tapa dado pelas enormes patas de pedra. Aleifr chocou-se de encontro à parede e caiu no chão. Então, Violet tentou ferir a esfinge com a sua espada, mas a arma ricocheteou. A enorme estátua de pedra pulou sobre Violet, derrubando-a no chão e quase abocanhando sua cabeça. A garota, por sorte, conseguiu se mover, fazendo com que a esfinge acertasse o chão. Erick, de longe, foi capaz de observar uma rachadura no pescoço da esfinge; desta forma, no momento em que Violet conseguiu escapar da esfinge e se levantar, Erick gritou para Aleifr:

– A rachadura no pescoço dela!

A esfinge mudou sua atenção para Erick, abrindo, assim, uma brecha para que Aleifr agisse. Após a espada de Aleifr acertar o local onde havia a rachadura, uma explosão de energia aconteceu, arremessando Violet, Aleifr e Erick contra a parede. E, enquanto um feixe de luz saía da rachadura, a esfinge gritava de dor. Outras rachaduras começaram a aparecer pelo corpo de pedra da esfinge. Por fim, após dar seu último grito, a esfinge explodiu, deixando apenas pó e pedaços de pedra para trás. Então, a parede no final da sala se abriu, formando uma passagem para outro lugar.

14

SEUS MAIORES MEDOS

Ao atravessarem a passagem, os amigos se viram em um salão vazio, com uma porta aberta do outro lado.

— Isso está esquisito — Violet observou.

— Sim, nenhum desafio, nenhum monstro; a porta aberta bem à nossa frente... isso não parece ser coisa boa — falou Erick.

Os três esperaram alguns minutos, mas nada aconteceu. Eles resolveram que iriam caminhar devagar até a porta. Erick andava entre Violet e Aleifr até que sua cabeça começou a doer muito. Ele caiu no chão e lá ficou até que, assim como começou, de repente, a dor de cabeça também passou. Ao se levantar, ele percebeu que não estava mais no salão vazio; encontrava-se em um belo jardim cheio de flores que exalavam deliciosos perfumes. Os pássaros em volta cantavam e voavam. Erick se sentia em paz e feliz naquele lugar. Ele caminhou um pouco pelo jardim, então se deparou com uma mulher parada mais à frente. Aproximou-se dela e a reconheceu; era sua mãe. A mulher notou a presença de Erick, correu em sua direção e lhe deu um forte abraço.

— Meu filho, estou tão feliz em te ver!

— Mãe, é você mesmo?

— É claro que sou eu! Agora vamos poder viver juntos!

A mulher agarrou a mão de Erick, que não estava feliz por algum motivo. Eles se sentaram à beira de um belo lago e ficaram ali, contemplado a beleza daquele jardim. Passados alguns minutos, a mulher se levantou.

— Venha comigo — disse ela.

— Para onde vamos? — indagou Erick, assim que começou a seguir a mãe.

— A outro lugar — respondeu, sorridente.

Conforme andavam, o jardim bonito e florido se tornava um lugar feio e triste. Eles pararam em frente a uma casa grande e velha. Após um momento, Erick a reconheceu, era o orfanato.

— O que estamos fazendo aqui?

— Viemos deixar você aqui — respondeu a mulher.

— Mas por quê? — indagou, assustado.

O rosto de sua mãe, que havia pouco exibia um belo sorriso, agora não demonstrava nenhuma emoção. A voz dela tornou-se fria e sem vida:

— Porque eu não amo mais você — disse a mulher, com uma voz fantasmagórica.

Nesse instante, as portas do orfanato se abriram e Erick foi sugado para dentro do lugar. As portas, então, se fecharam e o garoto ficou sozinho, complemente assustado na escuridão do orfanato. Do breu, pessoas com olhos negros apareceram, dizendo:

— Você está sozinho! Sua mãe não quis você. Ninguém se importa com você.

Com isso, Erick afastou-se das pessoas, sentindo medo, e começou a chorar. Mas não levou muito tempo, e ele se lembrou de seus amigos, por isso se levantou e disse para as pessoas da escuridão:

— Eu não estou sozinho! Tenho o Jonathan, a Violet, o Aleifr, Heimdall e muitas outras pessoas que se importam comigo e eu com elas.

De repente, as portas do orfanato se abriram e Aleifr e Violet entraram. Violet estendeu a mão para Erick, que logo a segurou e, então, tudo se tornou branco. Erick, quando acordou, viu-se deitado no chão do salão vazio, ao lado dos amigos. Ele imediatamente tentou acordar Violet, mas ela não respondia.

— Violet, por favor, acorde! Acorde, por favor! — insistiu ele.

Violet acordou em Asgard. O lugar, no entanto, estava destruído, completamente tomado por chamas. À frente, ela viu gigantes de fogo, criaturas humanoides de três metros de altura, com o corpo feito de lava, fogo e rochas vulcânicas. Violet se escondeu atrás de uma parede, que antes pertencera a uma casa. Ela esperou que os gigantes fossem embora, então seguiu escondida em meio à destruição, buscando descobrir o que estava acontecendo. Violet entrou em uma taverna destruída. No chão do local, ela viu algo que a deixou abalada. No piso da taverna estavam os corpos de Erick e Aleifr. Violet caiu sentada ao lado deles e começou a chorar. Ao ver a menina chorando, uma mulher idosa que estava ali por perto se aproximou com cuidado, para não atrair a atenção dos gigantes de fogo. A senhora disse à Violet:

— Não chore, menina bonita! Está tudo bem.

— Não, não está tudo bem! Asgard foi destruída e meus amigos estão mortos... e eu nem sei como isso aconteceu. — Enquanto falava, lágrimas saíam dos seus olhos.

— Você não sabe o que aconteceu, menina? — perguntou a idosa, confusa.

— Não. Eu estava com meus amigos num templo e, de repente, acordei aqui, nessa Asgard destruída — contou Violet.

Os olhos da mulher subitamente brilharam, vermelhos, e sua voz se tornou profunda e amedrontadora:

— Isso é tudo culpa sua, Violet! Você não foi forte o bastante para defender Asgard. Você foi a ruína de Asgard!

Violet olhou assustada para a mulher, que, de repente, foi consumida por chamas e se tornou um gigante de fogo, elevando-se até alcançar as nuvens. Violet começou a correr do enorme gigante, mas a criatura em chamas era rápida demais. Enquanto o gigante a perseguia, também dizia coisas horríveis a ela:

— Você nunca será como sua mãe! Você não é forte o suficiente. Nunca será uma verdadeira guerreira. Veja só o que fez! Deixou Asgard ser destruída.

Violet corria o mais rápido que podia, só que tropeçou em um crânio que estava no chão e caiu. Ao olhar para cima, ela viu o pé do gigante sobre ela, prestes a esmagá-la. Contudo algo surgiu dentro dela, uma coragem, ou talvez confiança, que ela jamais tivera antes. Violet então pegou sua espada e espetou o pé do gigante, fazendo com que ele cambaleasse e quase caísse.

— Você está errado! Não sabe nada sobre mim. Eu serei a melhor guerreira que Asgard já teve. E serei a responsável por extinguir a sua raça gigante.

Ao terminar de dizer essas palavras, um enorme tremor aconteceu e Asgard começou a se desfazer em energia. Com isso, Violet sentiu-se tonta e desmaiou. Quando acordou, ela estava no salão vazio, com Erick ajoelhado ao lado dela pedindo para que ela acordasse.

— Violet, ainda bem que você acordou — comemorou ele, quando a viu abrindo os olhos.

— O que aconteceu? — ela indagou, enquanto se levantava.

— Não sei ao certo. Mas acho que esse lugar nos faz viver nossos maiores medos — respondeu Erick.

Aleifr viu-se sentado em um banco dentro de uma taverna, com um pudim e uma caneca de hidromel não alcoólico. A taverna estava vazia, nem mesmo os taverneiros se encontravam lá. Ele levantou-se do banco e saiu do local, então percebeu que todo o reino de Asgard estava vazio.

O garoto foi até a academia dos deuses, na esperança de encontrar Erick por lá. Ao chegar ao seu dormitório, não achou ninguém. Então, ele procurou na academia inteira, mas não havia ninguém. Foi quando se perguntou em voz alta:

— Onde está todo mundo?

Era meio assustador para ele estar em uma Asgard totalmente vazia. Aleifr foi até o seu dormitório e ficou lá, torcendo para que tudo isso fosse apenas um sonho e que ele acordasse logo. Ficou horas deitado na cama, no entanto nada mudou nesse meio-tempo; até que escutou uma voz vinda dos corredores. Ele seguiu a tal voz, que vinha de dentro da sala onde a treinadora Valquíria os ensinava. Ao entrar no cômodo, a porta atrás dele se fechou. Tentou abri-la, mas não conseguia, a porta havia sido trancada.

— Vejam só! Se não é o fracote, filho de Tyr — disse uma voz familiar.

Ao se virar, Aleifr deparou-se com Hakon de pé na frente dele.

— Hoje você não me escapa, seu inútil! — ameaçou Hakon, enquanto caminhava lentamente em direção a Aleifr.

Aleifr tentou correr para longe dele, mas o garoto de cabelos loiros apareceu num piscar de olhos na frente de Aleifr.

— Como você conseguiu fazer isso? — indagou Aleifr, ao mesmo tempo em que se afastava de Hakon.

Hakon não respondeu, apenas soltou uma risada, que ecoou pelas paredes da sala. Aleifr tentou puxar sua espada para se defender, mas ela não estava mais com ele. De repente, duas mãos seguraram seus braços. Ao olhar quem o havia segurado, ele viu dois amigos de Hakon, que não estavam ali antes. Aleifr tentou se soltar, porém não conseguiu; os companheiros de Hakon eram fortes demais.

— Hoje é o seu fim, lixo! — disse Hakon, momentos antes de acertar o rosto de Aleifr com um soco.

Aleifr gemeu de dor por conta da surra.

— Por favor, pare! — ele implorou.

Hakon fingiu não ouvir e o acertou novamente, só que desta vez com um soco no estômago. Os amigos de Hakon soltaram Aleifr e ele caiu no chão, contorcendo-se de dor. Ele começou a chorar. Hakon segurou Aleifr pelos cabelos e o fez olhar em seus olhos, em seguida, disse:

— Vai chorar, seu bebezão!?

Hakon e os amigos começaram a rir. Isso fez com que Aleifr sentisse uma raiva que ele jamais havia sentido antes. Quando Hakon estava distraído, rindo, Aleifr o acertou com um soco tão poderoso que quebrou seus dentes perfeitos. Os amigos de Hakon tentaram parar Aleifr, mas ele os segurou e os arremessou nas estantes de livros do outro lado da sala. Agora, fervendo de raiva, o garoto prendeu Hakon contra a parede e se preparou para acertá-lo com outro soco. Porém, antes que ele pudesse efetuar o ataque, percebeu algo e hesitou.

— Vamos logo! Acabe comigo! — insistiu Hakon, com um olhar vazio e sem emoções.

— Não — respondeu Aleifr. — Eu não sou como você. Eu sou diferente; tenho compaixão. E sei o meu lugar, ao contrário de você.

Após Aleifr dizer essas palavras, Hakon e o resto do mundo começou a se desfazer em energia, enquanto Aleifr desmaiava. Ele acordou no salão vazio e viu que Violet e Erick estavam sentados ao lado dele.

— O que aconteceu? — indagou, completamente confuso.

— É este lugar; de alguma forma, ele nos faz viver nossos maiores medos — explicou Violet.

— Vamos combinar uma coisa. Não vamos nunca falar um para o outro, nem para ninguém, sobre o que vimos — disse Erick.

— Por quê? — perguntou Aleifr.

— Porque isso não vai fazer bem para nós — respondeu ele.

Então, os três notaram novamente a porta aberta no fim do salão. Aleifr olhou para Erick e perguntou:

— Vamos?

— É claro que sim — respondeu ele, enquanto caminhava em direção à porta.

15

O REI DAS SERPENTES

Os amigos adentraram em um grande salão de pedra com alguns buracos nas paredes e ossos espalhados pelo chão.

— O que é aquela coisa? — indagou Erick, referindo-se a uma enorme criatura que dormia no centro do salão.

— Por Odin! É um dragão, da espécie rei das serpentes. Conhecidos por terem uma língua venenosa e um tipo de chocalho na ponta do rabo, que é usado para controlar os basiliscos — explicou Violet. — Vejam, uma porta — disse a garota, apontando para uma porta que se encontrava do outro lado do salão.

— Acho melhor avançarmos devagar para não acordarmos o dragão — disse Aleifr.

Os amigos seguiram caminhando devagar, tomando muito cuidado para não fazer nenhum barulho que pudesse acordar o rei das serpentes.

— Prestem atenção, se o dragão acordar, não deixem que sua língua encoste na pele de vocês, ou vocês vão morrer na hora — sussurrou Violet.

Agora, os três estavam se aproximando da fera, todos em quase completo silêncio, a respiração do dragão já podia ser ouvida. Erick estava com a mão em sua espada para o caso de terem que lutar contra o monstro. Aleifr estava mais atrás, o garoto tinha tanto medo que quase não conseguia andar.

Erick tinha a atenção voltada para o dragão e, sem perceber, pisou em um osso, quebrando-o e produzindo um som que ressoou nas paredes do salão. Todos ficaram imóveis e olharam para o rei das serpentes, que, por sorte, ainda dormia. Quando começaram a andar novamente, Aleifr tropeçou em um crânio e caiu, produzindo um som bem mais alto que o anterior. Os amigos olharam para o dragão, que abriu os olhos amarelos com pupilas verticais. Erick e Violet ajudaram o amigo a se levantar e se afastaram do rei das serpentes, que se levantava. O dragão era enorme, sua cabeça e seu rabo lembravam uma cobra, possuía imensas presas na boca; na ponta de seu rabo existia um chocalho da mesma cor de sua pele esverdeada. O rei das serpentes olhou para os três amigos, que já estavam com suas armas em mãos e, então, começou a balançar seu chocalho.

— Ai, não — reclamou Violet, assustada. — Lembram que eu tinha dito que ele controlava basiliscos com o chocalho?

Erick e Aleifr nem tiveram tempo de responder, logo, algumas dezenas de basiliscos começaram a sair dos buracos que se espalhavam pela parede, e todas as serpentes seguiram em direção aos três.

O basilisco mais próximo saltou em direção a Erick com suas presas venenosas à mostra. O garoto usou sua espada e cortou a cabeça da cobra. Aleifr e Violet fizeram o mesmo com os basiliscos que se aproximaram deles. Em pouco tempo, os três estavam cercados, tendo que desviar dos botes das cobras e cortá-las. Erick quase foi picado em um momento de distração, por sorte, Violet percebeu e matou o basilisco antes que Erick fosse mordido. Aleifr, enquanto lutava contra duas cobras, pisou e esmagou a cabeça de uma terceira, que tentava picar a perna de Violet. Erick, então, cortou a cabeça das duas serpentes que enfrentavam Aleifr. Eles continuaram lutando e diminuindo o número dos basiliscos.

Em um momento, uma das cobras mordeu o braço de Aleifr, que entrou em choque, Erick e Violet se viraram para o amigo, preocupados, mas, por sorte, o basilisco havia mordido uma parte do braço de Aleifr que era protegido por uma peça de armadura. Aleifr usou sua espada e decapitou a cobra num momento de alívio.

Enquanto Violet e Aleifr lutavam, um basilisco se aproveitou do cansaço de Erick e se enrolou no garoto, deixando apenas seu braço esquerdo livre, quando a cobra preparou o bote, Erick, com seu braço livre, segurou a cabeça do animal. A cobra era forte demais. Erick não aguentaria por muito mais tempo, principalmente por estar cansado e sendo esmagado pelo corpo da serpente. O garoto já estava perdendo as forças quando Aleifr apareceu e decapitou o basilisco.

– Esse era o último – disse Aleifr.

Agora que todos os basiliscos haviam sido mortos, o rei das serpentes parou de balançar seu chocalho e foi em direção aos amigos, emitindo um rugido alto e assustador.

Violet ergueu a espada e correu na direção do dragão, que tentou acertar a garota com sua enorme língua bifurcada, mas Violet rolou, desviando-se da língua venenosa. Quando se recuperou, se preparou para perfurar o coração do monstro, que usou sua enorme asa direita para arremessar a garota para longe.

– Violet – gritou Erick preocupado, enquanto o dragão corria em sua direção e de Aleifr.

O rei das serpentes tentou envenenar os dois com sua língua comprida, porém Erick e Aleifr desviaram. O dragão se preparou para devorar Erick, mas, quando abriu sua bocarra, um grito de dor saiu. Violet, que se recuperara, havia cravado sua espada na cauda do dragão, que a usou para acertar a garota e, novamente, arremessá-la para longe. Violet caiu com força no chão e não se levantou mais. Erick e Aleifr ergueram suas espadas e correram para lutar contra a fera, mas foram derrubados pelas asas do monstro que os acertaram com uma força descomunal. Ao cair, Aleifr também perdeu sua espada.

Enquanto Erick gemia de dor no chão, o rei das serpentes se dirigiu para Aleifr, que se levantou com dificuldade, procurando sua espada. O dragão usou a língua para envenenar Aleifr, que, por reflexo, se abaixou, evitando a língua do dragão. Nesse momento, Aleifr avistou sua espada caída no chão a alguns metros, o garoto correu para recuperá-la e teve que se abaixar novamente para evitar a grande língua bifurcada que iria acertar seu rosto.

Aleifr, cansado e quase sem fôlego, alcançou a espada. O rei das serpentes novamente tentou envenenar Aleifr, que, agora, usou sua espada para cortar a língua do dragão, que gritou de dor e usou sua cauda para derrubar o filho de Tyr.

Vendo seu amigo no chão e quase sendo devorado, Erick reuniu forças para se levantar e correr para salvar o amigo. A boca do dragão estava bem perto de Aleifr, que ficou paralisado de medo. A fera abriu a bocarra para devorar Aleifr quando teve seu olho esquerdo perfurado por Erick. O rei das serpentes cambaleou e rugiu por conta da dor, ao se recuperar, foi em direção a Erick para abocanhá-lo. O garoto estava com as presas do dragão a poucos centímetros de sua cabeça quando rolou, escapando da boca da fera, e subiu na cabeça dela.

O dragão se balançou para tentar derrubar Erick, que, com muito esforço, segurava-se nas escamas. Erick, com muito cuidado para não cair, ergueu a espada e perfurou a cabeça do rei das serpentes, que caiu morto.

Erick desceu do corpo do dragão e correu para ajudar Aleifr a se levantar. O garoto se ergueu com dificuldade por conta da dor que sentia, mas conseguiu se manter de pé.

— E Violet? — indagou Aleifr.

Erick, preocupado, correu para a amiga, seguido por Aleifr, que se recuperava. Violet continuava desacordada. Ao ver a amiga naquele estado, Aleifr se segurou para não chorar. Erick estava perplexo, não sabia o que fazer. Então, Aleifr tomou coragem para verificar se Violet respirava.

— E então? — perguntou Erick, preocupado.

— Ela está respirando — respondeu Aleifr com muita alegria.

Os dois esperaram por alguns minutos ao lado da amiga, até que, enfim, Violet acordou. Erick a ajudou a se levantar.

— O que aconteceu? — perguntou ela, confusa.

— Erick matou o rei das serpentes — respondeu Aleifr, empolgado.

— Sério? Nossa, isso é incrível.

Os três seguiram em direção à porta que o rei das serpentes guardava. Ao entrarem, caminharam por um pequeno corredor, até encontrarem uma escada que os levaria para cima.

— É... ainda temos todos esses degraus para subir — disse Aleifr.

16

A BATALHA CONTRA A DEUSA DA MORTE

Hela caminhava pelos quase "infinitos" corredores do labirinto, em busca da arma que traria sua vitória contra Asgard. Ao entrar em um corredor com símbolos diferentes, a deusa viu, a trinta metros de distância, uma passagem que parecia ser o fim daquele labirinto cansativo e escuro.

Chegando à passagem, Hela viu-se em uma sala relativamente pequena. A sala possuía diversas estatuetas de cobra em suas laterais; elas jorravam um líquido amarelado de suas bocas, que caía em um pequeno buraco semelhante a um ralo no chão. Na parede, ao fundo da sala, havia uma imagem de Thor matando um jotun entalhada na pedra. Mais ao centro da sala estava o que Hela procurava. Havia ali um pedestal de pedra escura que continha sobre si o martelo Mjölnir. A cabeça do martelo era retangular e grande, com diversos símbolos talhados no metal, os quais Hela não conhecia. O cabo, curto para um martelo, era feito da madeira mais forte de Asgard; era também envolvido em couro de cervo asgardiano. Na ponta do cabo havia uma corrente, que servia para prender o martelo à mão do usuário.

Hela deu uma volta pelo pedestal, admirando a sua futura arma. Ela parou em frente a ele e disse:

— Finalmente, após séculos, irei ter o poder supremo e cumprir minha vingança.

A deusa da morte preparou-se para empunhar o Mjölnir, porém uma voz que vinha do labirinto a interrompeu:

— Hela, afaste-se agora mesmo desse martelo!

A deusa virou-se e, à sua frente, viu um Heimdall ferido. Ela, então, se aproximou do deus guardião de Asgard, que mal conseguia se manter em pé.

— Ora, Heimdall, onde está o seu exército? — ela indagou a Heimdall, ao parar à sua frente.

— Não preciso de um exército para acabar com você, bruxa!

— Não foi o que pareceu na última vez que nos enfrentamos. E se naquele momento você já não teve chance, por que iria ter agora, fraco e ferido?

Heimdall não respondeu às provocações de Hela, apenas empunhou sua espada para lutar. A deusa da morte, ao ver aquela cena, riu, debochando do pobre asgardiano. Então, ela usou o seu dom para criar uma espada.

— Venha, guardião da Bifrost! Venha para a sua morte — sussurrou a deusa da morte, enquanto se preparava para lutar.

Heimdall efetuou um ataque com sua espada, mirando no pescoço de Hela. A deusa, no entanto, pôs seu braço na frente da lâmina da espada do deus, bloqueando seu ataque e nem se importando com o ferimento que isso a estava causando. Com um olhar debochado, ela contra-atacou, mas Heimdall se abaixou e deu-lhe uma rasteira. Porém a deusa pulou, desviando-se do ataque do homem de olhos dourados. Logo em seguida, acertou-o com um chute, que arrancou o capacete de ouro de Heimdall, deixando seus cabelos escuros e crespos à mostra.

Heimdall levantou-se, tentando acertar Hela com um soco, só que ela mergulhou para trás, desviando-se do golpe e acertando-o com mais um chute, desta vez no queixo. O deus cambaleou para trás, mas manteve-se de pé. Hela girou a espada na direção de Heimdall, porém ele bloqueou seu ataque com a ajuda de sua espada, abrindo assim uma brecha para atacar.

Heimdall efetuou o ataque contra a deusa da morte, perfurando-a no abdômen. Hela não expressou nenhum sinal de dor; pelo contrário, ela apenas riu, ao mesmo tempo que fazia um pequeno corte no rosto de Heimdall sem que ele pudesse reagir. O guardião de Asgard, ferido, afastou-se dela.

– O que foi, Heimdall? Já quer desistir? – perguntou Hela, enquanto arrastava sua espada pelo chão da sala, arranhando a pedra.

– Jamais darei esse gosto a alguém como você.

Hela atirou quatro adagas de suas mãos. Heimdall rebateu três com sua espada, mas a quarta acertou seu ombro esquerdo. Ele, com muita dor, correu e tentou acertar Hela, porém a deusa o acertou com um soco que o fez bater contra a parede, que estava a três metros de distância; tamanha foi a força do golpe que rachou todas as paredes do lugar. Heimdall caiu sentado no chão, encostado na parede. Ele não conseguia se mover por conta da dor que sentia. Hela aproximou seu rosto ao dele e disse:

– Eu poderia matá-lo agora, mas quero que veja meu momento de glória e o reino que você deu a vida tentando proteger, sendo dominado e escravizado por mim.

Hela, então, se posicionou em frente ao pedestal do Mjölnir e o segurou. No entanto, ao tentar levantá-lo, ela percebeu que tinha algo errado; o martelo era muito pesado, ela não conseguia movê-lo nem um centímetro.

– O que está acontecendo? – indagou Hela, perplexa.

— Somente os dignos podem levantar o martelo e receber seu poder — disse Heimdall. — E você não é digna. Pelo contrário, seu coração é sombrio e cheio de trevas; para poder empunhar o martelo, seu coração precisa ser puro e cheio de luz.

Hela gritou de raiva e atirou uma enorme adaga no lado direito do peito de Heimdall, que gemeu de dor, enquanto ria.

— Do que está rindo, desgraçado? — perguntou Hela, com um tom de voz raivoso.

— Estou rindo de seu fracasso. Está na mesma situação em que se encontrava na vez que nos enfrentamos, há séculos.

Hela sentiu vontade de matar Heimdall naquele momento, mas guardou a raiva e abriu um sorriso de deboche no rosto.

— Ora, Heimdall, não preciso deste martelo estúpido para acabar com Asgard. A diferença é que, agora, eu não vou poupar ninguém para ser meu súdito; vou matar cada um que estiver em minha frente, desde idosos, mulheres e crianças. E vou deixá-lo vivo para assistir, enquanto eu dizimo aqueles que você tanto quis proteger.

De repente, uma parte da parede do fundo da sala se quebrou.

◆

Alguns minutos antes de Hela e Heimdall se enfrentarem, Erick, Violet e Aleifr subiam a escada, que parecia não ter fim. Aleifr havia cansado de auxiliar Violet a subir os degraus, então Erick passou a ajudá-la.

— Você está bem? — Erick perguntou para Violet ao notar sua expressão de dor. — Se quiser, podemos parar um pouco.

— Não, eu estou bem. Podemos continuar.

— Olha, assim que retornarmos para Asgard, te levaremos direto para Eir.

Eles já subiam a escada havia alguns minutos e ainda não tinham nenhum sinal de seu fim.

— O que será que tem no fim dessa escada? — indagou Aleifr, que estava a alguns degraus abaixo de Erick e Violet.

— Espero que seja a saída deste lugar — respondeu Erick.

— É, eu também; estou morrendo de fome — disse Aleifr.

Ao subirem por mais alguns minutos, chegaram ao fim da escada, mas não era bem como eles imaginavam; ali havia uma parede que impedia a passagem deles.

— Ótimo, sem saída! E agora, o que fazemos?

— Esperem! — pediu Violet. — Escutei alguém atrás dessa parede.

Erick aproximou a cabeça da parede e pôde ouvir alguém falando algo sobre "matar idosos, mulheres e crianças".

— De quem é a voz, Erick? — perguntou Aleifr, com medo.

Erick, por reflexo, acertou a parede com um chute, fazendo-a desmoronar. Os três, então, puderam ver a imagem de Heimdall ferido, da mulher ameaçadora e de um martelo.

— Hela! — disse Violet, totalmente assustada.

— Quem? — perguntou Erick.

— A deusa da morte! — respondeu Hela, sorrindo para as três crianças.

Erick desembainhou sua espada e a apontou para a deusa da morte. Hela, por sua vez, riu com desdém, enquanto Violet e Aleifr seguravam Erick para que ele não fizesse nenhuma besteira.

— Erick, acalme-se! Você não sabe o que está fazendo — avisou Aleifr.

— Ora, se não é o garoto que eu tenho que matar! — falou Hela, ao mesmo tempo que passava a mão na lâmina de sua espada negra. — Você me poupou um grande trabalho vindo até mim de boa vontade.

Erick abaixou a espada, confuso. Então, ele percebeu as cobras de pedra da parede, que jorravam um líquido amarelado pela boca. O garoto se virou para Violet e Aleifr e sussurrou:

— Aquilo é veneno de basilisco, não é?

— Acho que sim — respondeu Violet, também sussurrando.

Hela, confusa com o comportamento dos três, ergueu sua espada para eles como uma forma de ameaça. Erick, então, correu para perto das estátuas de cobra, escapando de um golpe da deusa da morte.

Nesse momento, o garoto banhou sua espada com o veneno de basilisco. Hela tentou acertá-lo na cabeça, mas ele desviou, rolando para o lado. Ele tentou golpeá-la, só que a deusa bloqueou seu ataque com sua espada, com facilidade e rapidez, e depois o arremessou para trás. O garoto caiu de costas no chão. Hela estava prestes a matá-lo quando se virou para se defender de um ataque de Aleifr, seguido por um de Violet. No entanto, a deusa da morte não teve problemas para se defender e afastar os dois.

Aproveitando-se da distração, Erick tentou golpear Hela por trás. Porém a deusa acertou-o com um chute no peito que o fez cambalear. Em seguida, ela atacou com a intenção de perfurar o coração de Erick, mas o garoto bloqueou a espada da deusa com a lâmina de sua própria, banhada em veneno de basilisco. Com um movimento, o jovem semideus arremessou a espada dela longe e logo tentou golpeá-la várias vezes, entretanto a deusa desviou de todos os golpes com extrema agilidade.

Com um salto mortal para trás, ela afastou-se do garoto e, ao cair no chão, logo atirou diversas adagas contra ele, que foi capaz de desviar de todas. Por isso, Hela criou outra espada e preparava para atacar Erick quando, de repente, foi interrompida por Aleifr, que se pendurou nos ombros dela.

— Agora, Erick! — ordenou Aleifr, enquanto lutava para segurar a deusa da morte.

Erick correu para cravar a espada na deusa, mas ela conseguiu livrar-se de Aleifr, arremessando-o com muita força em uma parede; também acertando Erick no processo com um chute no queixo. Erick caiu no chão e perdeu a espada. Hela aproximou-se, ficando frente a frente com o garoto derrubado no chão.

— Não se preocupe! Não precisa ter medo, eu lhe darei uma morte rápida — disse a deusa da morte ao observar Erick, que estava tomado pelo medo, tentando se afastar dela.

Hela ergueu a espada sobre Erick, mas, de repente, outra espada atravessou o peito dela. Após a lâmina ser retirada de seu tórax, Hela caiu no chão, revelando assim quem havia ferido a deusa. Violet estava ali, de pé, segurando a espada de Erick, banhada em veneno de basilisco. A deusa da morte, no chão, contorcia-se de dor. Ela sentia todos os seus órgãos internos queimando. Enquanto perdia os movimentos do corpo, ela só teve forças para dizer suas últimas palavras:

— Vocês podem ter me derrotado, mas ele virá e fará de Asgard um lugar de pura destruição, morte e caos!

Após proferir isso, a deusa parou de se mexer. Assim que Hela deu seu último suspiro, sem que aqueles que estavam ali soubessem, todos os mortos-vivos do exército da deusa, que atacavam as aldeias de Asgard naquele momento, simplesmente se tornaram pó.

— Que ironia a deusa da morte morrer, não é mesmo!? — disse Aleifr, enquanto ajudava Heimdall, que estava muito ferido.

Violet estendeu a mão e ajudou Erick a se levantar. Em seguida, ela perguntou para Heimdall:

— O que está acontecendo aqui?

— Hela, de algum modo que desconheço, conseguiu escapar de Helheim e veio atrás do Mjölnir, para usá-lo em sua conquista de Asgard.

— Quer dizer que este é o Mjölnir?! — indagou Erick, enquanto tocava o martelo.

De repente, o martelo deu um choque em Erick, fazendo com que ele retirasse a mão depressa. O garoto ficou curioso quanto ao choque, mas não se importou muito. Quando eles estavam quase se decidindo a sair pelo labirinto, uma passagem na parede se abriu.

— Vamos por essa passagem? — perguntou Aleifr, que ajudava Heimdall a se movimentar.

— Sim, temos que ir por aí — respondeu o deus.

— Como sabe? — questionou Aleifr.

— Esqueceu-se de que eu sou aquele que tudo vê?

Enquanto eles seguiam pela nova passagem, Erick resolveu perguntar:

— Foi por causa de Hela que a Valquíria queria que eu ficasse na academia dos deuses?

— Sim, mas agora agradeço por ter desobedecido minhas ordens e ter vindo até aqui.

Eles seguiram pela passagem até que saíram em um morro próximo a um riacho. Após todos passarem, a passagem se fechou.

— Agora, vamos para Asgard! Heimdall e Violet precisam ser levados até Eir urgentemente — observou Erick, que ajudava Violet a andar por conta da dor que ela sentia.

17

A GRANDE COMEMORAÇÃO

Alguns dias após a derrota de Hela, todos já estavam recuperados de seus ferimentos e uma grande comemoração iria ser feita em homenagem a Erick, Violet e Aleifr.

Erick e Aleifr estavam em seu dormitório, preparando-se para a festa. Erick vestia uma calça de seda azul, uma camisa social branca e um colete também azul. Aleifr, por sua vez, usava uma calça verde, camisa social também branca e um colete da mesma cor da calça.

— Está nervoso, Erick?

— Não muito.

— Pois eu, sim. Imagina só, nós três lá na frente de todo mundo, recebendo prêmios. Só de imaginar, já fico com um frio na barriga.

— Bem, já derrotamos mil Goblins, uma esfinge, um rei das serpentes e a deusa da morte; acho que ser o centro das atenções não será tão ruim assim — falou Erick.

Então, os dois seguiram para o grande salão de festas do palácio de Odin, onde aconteceria a comemoração. Ao chegarem lá, os dois se depararam com Hakon e seus amigos. Hakon utilizava uma calça de seda preta, um terno também preto, uma gravata borboleta e ombreiras douradas, além de ter o seu cabelo loiro penteado para trás.

– Escutem os dois! Não é só porque vocês mataram a deusa da morte que podem ficar se achando superiores a mim – disse Hakon, com o nariz empinado. – Eu ainda sou melhor que vocês dois. Vocês continuam sendo lixo.

Erick e Aleifr apenas ignoraram o garoto chato e seguiram para encontrar Violet. Erick estava distraído, observando o monte de comida que havia ali, quando percebeu Violet a alguns metros. Ao vê-la, ele paralisou. Ela usava um longo e belo vestido dourado e seu cabelo estava com um penteado de tranças; era a primeira vez que Erick via Violet com um penteado diferente. Ela tinha uma maquiagem leve no rosto, que apenas ajudava a realçar seus olhos verdes. Aleifr cutucou Erick, trazendo o garoto de volta a si, e comentou:

– Cuidado, porque com a boca aberta desse jeito você vai acabar engolindo mosca!

Os dois caminharam até Violet, que os elogiou.

– Nossa! Como os dois estão bonitos!

– Você também está muito linda – disse Erick, deixando Violet sem graça.

– Er, o que ele quis dizer é que você está diferente – falou Aleifr, tentando ajudar o amigo. – Bem, agora, vamos fazer o que mais importa, que é comer.

Os três, então, passaram em meio ao monte de gente que ali estava e comeram um pouco das deliciosas comidas.

Enquanto os amigos se divertiam na festa, Heimdall estava na arena da academia. Usando sua brilhante armadura dourada, ele olhava para o céu estrelado, pensativo. Nem percebeu que Valquíria se aproximava. Ela estava sem seu capacete, deixando seus cabelos ruivos à mostra; usava um vestido vermelho.

— O que o preocupa, Heimdall? — indagou ela.

— Estou apenas pensando no que Hela disse antes de morrer.

— E o que ela disse?

— "Ele virá e fará de Asgard um lugar de pura destruição, morte e caos." — Heimdall repetiu as palavras de Hela.

— Ele, quem?

— Não sei — respondeu ele. — Mas acho que algo grande está por vir.

— Não pense nisso agora! Vamos! Você tem que apresentar a cerimônia de premiação dos três grandes heróis.

Após algum tempo de festa, Heimdall subiu ao palanque que havia no fim do grande refeitório e chamou Erick, Aleifr e Violet para subirem também. Os amigos se posicionaram um ao lado do outro no palco, enquanto todos os que se encontravam no refeitório os observavam.

— Muito bem. Pela coragem, bravura e honra, eu os apresento estes três heróis, que salvaram Asgard da destruição pelas mãos de Hela, a deusa da morte. Estes três jovens heróis lutaram bravamente e derrotaram o terrível mal que assolava nosso reino, portanto, é com enorme prazer que eu os presenteio com as medalhas de Odin — discursou Heimdall.

Enquanto os que assistiam davam uma salva de palmas para os jovens heróis, Heimdall pegava as três medalhas de um estojo que a pequena Alfsigr segurava. Heimdall se aproximou das crianças e colocou a medalha em cada um. O objeto era feito de ouro puro; a fita que o pendurava era feita de um tecido vermelho, bem leve e transparente. Na medalha havia uma imagem do palácio de Odin entalhada. Erick a achou um tanto pesada.

De repente, as portas do outro lado do refeitório se abriram. Uma mulher, que aparentava ter uns quarenta e poucos anos, entrou. Ela possuía cabelos e olhos castanhos e estava em um longo vestido verde; sobre sua cabeça havia uma pequena coroa de ouro. A multidão que assistia à premiação ficou em silêncio e abriu espaço para que a mulher misteriosa passasse.

A mulher subiu ao palanque e Heimdall a cumprimentou:

— Fico feliz que tenha vindo, minha rainha.

— Rainha? — indagou Erick para Violet, que estava ao seu lado.

— Sim. Ela é Frigga, a esposa de Odin.

Frigga agradeceu Heimdall com um pequeno gesto de cabeça e logo se virou para os três.

— Parabenizo-o por seu ato de heroísmo, Aleifr, filho de Tyr — disse a rainha para Aleifr. — Parabenizo-a também, Violet, filha de Sif.

Frigga, então, se aproximou de Erick, que estava muito nervoso, e disse:

— E, por último, mas não menos importante, parabenizo-o também, Erick, meu neto.

Assim que Frigga terminou de dizer aquelas palavras, todos ficaram sem reação, boquiabertos.

— Como assim, seu neto? — perguntou Erick, nervoso.

— Você ainda não contou a ele, Heimdall? — indagou Frigga.

— Me contar o quê?

Heimdall aproximou-se do garoto e disse:

— Meu jovem Erick, seu pai é, na verdade, Thor, o deus do trovão!

— O quê!? — gritou Erick, surpreso.

Grupo Editorial
coerência

Esta obra foi composta na fonte ITC Legacy Serif,
tamanho 11,5 pt, e impresso em papel pólen bold 90g/m².
São Paulo, agosto de 2021